Susanne Fülscher

7 x Liebe

Susanne Fülscher

7 x Liebe

Eine Art Reigen

KERLE

Freiburg · Wien
Basel

Die Schreibweise entspricht der neuen Rechtschreibung

Gedruckt auf umweltfreundlichem,
chlorfrei gebleichtem Papier

Umschlaggestaltung: Birgit Kohlhaas, NETWORK!, München

Satz: Barbara Herrmann, Freiburg
Druck und Bindung: Freiburger Graphische Betriebe 1999
ISBN 3-451-70282-7

Inhalt

LENA und TIMMI

LATERNA MAGICA. FRÜHER ABEND. ABEND.

Ich ziehe mir Zigaretten und gehe zurück ins Café. Eigentlich ist es verboten, während der Arbeit zu rauchen, aber wer schert sich schon drum? Der Boss raucht, Ivi manchmal auch, und die Kids tun's sowieso. Ich stecke mir also eine an und nehme mir vor, den Kleinen da hinten in der Ecke ein wenig schmoren zu lassen. Was hab ich schon groß davon, wenn ich renne und mich überschlage – Schüler rücken nun mal kein Trinkgeld raus. Die sind allesamt schlecht erzogen. Verplempern ihr Geld mit Markenklamotten und scheren sich kein Stück darum, wie es anderen geht. Mir zum Beispiel: Lena, siebzehn Jahre.

Okay, ich hätte die Schule auch zu Ende machen können, dann müsste ich jetzt nicht diesen Quatsch hier machen. Bestellungen aufnehmen, Getränke bringen und abkassieren. Manchmal auch Gläser spülen. Ivi ist total nett, Gott sei Dank. Sonst wär der Laden wirklich nicht auszuhalten. Diese kichernden Gänse! Da sind die Jungs schon erträglicher, wenn sie grölen oder mit ihren Mädchengeschichten auftrumpfen. Aber so ein schrilles Gegacker kann ich einfach nicht leiden!

Noch anderthalb Stunden. *Nur* noch anderthalb Stunden. Der Kleine in der Ecke verrenkt sich den Kopf nach mir, also gehe ich mal hin.

„Eine Cola", sagt er und lächelt dabei total nett. Wenn er nur nicht so ein kindliches Mondgesicht hätte! Punkt, Punkt, Komma, Strich – fertig ist das …

„Machst du eine Cola fertig?", rufe ich Ivi zu und schlendere zu Tisch Nummer eins am Fenster, wo eine Blondgelockte schon seit Ewigkeiten mit dem Finger schnippt. Ich frage nicht „Ja, bitte?“ oder „Was darf's denn sein?“ oder „Was kann ich für dich tun?“, sondern ziehe nur arrogant eine Augenbraue hoch, wie ich es von meiner Tante abgeguckt habe.

Warum um Himmels Willen gibt es nur Schülercafés? Was haben diese Kids hier überhaupt zu suchen? Statt Hausaufgaben zu machen, geben sie lustig Papis Geld aus!

„Zahlen“, muffelt die Blondgelockte, und ich antworte „Klar doch!“ Ganz freundlich sage ich es und verrechne mich nebenbei mal eben um zwei Mark. Ein bisschen klopft mir schon das Herz, aber als die Tante mir ohne zu murren das Geld in die Hand drückt, wünsche ich ihr mit meinem strahlendsten Lächeln noch einen schönen Abend. Vielen Dank auch für das Trinkgeld! Vielleicht sollte ich mir auf diese Weise immer das beschaffen, was mir eigentlich zusteht. Ach, die Cola! Mit zwei Sätzen bin ich an seinem Tisch. Was liest er denn da? Wie süß! Ein Schulbuch! Ich tippe auf Bio. Vielleicht schreibt er morgen eine Klausur und hat einfach noch nicht den Durchblick. Das könnte ich ihm doch auch beibringen. Ich nehme ihn einfach mit nach Hause und zeig's ihm auf meiner Leopardendecke. Oder gleich hier auf der Toilette ... Moment, das geht jetzt wirklich zu weit. Der Typ sieht so niedlich aus, so unbedarft ..., ich stelle ihm die Cola hin, und er lächelt wieder. Verrückt – aber mein Herz fährt im selben Moment Achterbahn. Schnell weg! Es ist doch albern, dass mich so ein kleiner Schüler, der bestimmt zwei Jahre jünger ist als ich, aus der Bahn wirft!

An der Bar frage ich Ivi, ob sie sich mit einem sehr viel jüngeren Mädchen einlassen würde.

„Kommt drauf an. Aber warum eigentlich nicht?“

Eine genauere Antwort hätte sie mir nicht geben können! Also hake ich nach.

„Das Alter interessiert mich nicht“, sagt Ivi. „Hauptsache, ich hab mir ihr Gespächsthemen.“

„Reden ist wichtig?", frage ich, als ob ich mir über solche Dinge noch nie Gedanken gemacht hätte.

„Klar! Sonst kannst du sie hinterher nur rauswerfen."

Ich düse los, bringe einen Salat und einen Croque an Tisch sieben, räume dann den Tisch der Blondgelockten ab, die gerade die Laterna Magica verlässt. Riskiere ich einen Blick in die andere Richtung? Schon ist es passiert und eine ganze Kolonne Ameisen krabbelt durch meinen Bauch. Der Junge hat mich angesehen, ganz schüchtern hat er von seinem Biobuch hochgeschaut, wobei es unmerklich um seine Mundwinkel zuckte. Ich werde rot, was für eine Blamage! Hektisch stapele ich Teller und Tassen und all den Kram übereinander, ein Saftglas fällt dabei klirrend zu Boden. Am liebsten würde ich sterben! Mich auflösen und nie wieder in diesen Laden zurückkehren! Die Scherben sehen aus wie ein bizarres Kunstwerk, ich schiebe sie vorsichtig zusammen und überlege mir dabei, dass ich vielleicht doch nicht sterben möchte. Eigentlich möchte ich den Jungen küssen, einfach so, egal, was danach kommt. Ich stelle mir vor, wie ich ihn mit zu mir nach Hause nehme: Er sitzt in meinem Sessel, ich fläze mich auf die Leopardendecke, in der Hand ein Glas Champagner, vielleicht summe ich eine Jazzmelodie und spreize verwegen meine Schenkel … Oh Mann, bin ich denn verrückt? Niemals würde ich so etwas zustande bringen! Wenn ich nur an mein erstes (und auch letztes) Mal mit Jakob vor drei Monaten denke! Er lag da wie ein Brett, ich lag da wie ein Brett und beide waren wir froh, als wir es endlich hinter uns gebracht hatten …

Ob es mit dem da hinten anders wäre? Und ob man mit ihm reden kann? Klar finde ich Reden wichtig. Sehr wichtig sogar. Ich will vorher mit ihm reden und währenddessen und hinterher sowieso, und schön wäre es, wenn man es auch noch in ein paar Jahren tun könnte. Ach, Blödsinn, ich kenne den Jungen ja gar nicht, weiß gerade mal, dass er bubihaft und mondgesichtig aussieht …

Ivi steckt gerade ihren Kopf in den Kühlschrank und zeigt mir ihren miniberockten Po und ihre tollen schlanken Beine. Ivi trägt immer Minirock. Das ist so eine Masche von ihr. Dann taucht sie mit einer Flasche Apfelsaft in der Hand wieder auf.

„Ach, Ivi…“, sage ich hilflos.

„Was hast du?“

Wahrscheinlich mache ich einen ziemlich desolaten Eindruck.

„Ist dir schlecht?

„Sag mal… Kann man sich innerhalb von fünf Minuten in einen Jungen verknallen, der wie fünfzehn aussieht und in einem Biobuch liest?“

„Wenn man zwölf ist, vielleicht.“

„Und mit siebzehn?“

„Sollte man schleunigst zum Psychiater gehen!“ Ivi lacht und hat rote Wangen, als käme sie geradewegs vom Schlittenfahren. „Wer ist denn der Glückliche?“

„Tisch drei.“ Ich hauche die Zahl in die Luft und habe Angst, dass sie als Eisblume irgendwo hängenbleibt.

„Soll ich was für dich arrangieren?“

„Untersteh dich!“

Eine Gruppe Jungs betritt das Lokal und setzt sich an Tisch vier. Ivi kichert.

„Na, dann mal los!“

Ich werfe ihr einen vernichtenden Blick zu und eiere auf wackligen Beinen zu den Typen. Vier Bier, die Bestellung dauert nicht länger als zwei Sekunden, ich spüre, dass *er* mich anschaut, hingucken oder nicht, auch Ivi wird sich gerade die Augen aus dem Kopf starren.

Ich kann es nicht! Mit gesenktem Blick zurück zur Theke. Fieberhaft durchsuche ich meine Tasche nach Zigaretten, finde aber nur einen angebrochenen Schokoriegel, Tampons, meinen Lieblingslippenstift…

„Vier Bier, aber dalli!", fahre ich Ivi an, die doch gar nichts dafür kann.

„He, ich glaub, er steht gerade auf. Pass mal auf, dass dein Goldschatz auch zahlt."

Na und? Mir doch egal! Ich drehe mich extra nicht um. Es ist sowieso lächerlich – ich und dieses Mondgesicht. Dann habe ich Ivis Hand auf der Schulter, eine Zehntelsekunde später ihr spitzes Kinn.

„Er ist raus." Ihre Stimme schnarrt. „Wenn er nicht gezahlt hat ... Na, du weißt ja ..."

Klar weiß ich. Aber die eine Cola werde ich gerade noch erstatten können. Ich zupfe mir die Haare zurecht und warte, bis die vier Biere fertig sind. Die Typen glotzen mir auf die Brust, als ich die Gläser abstelle. Blödmänner! Schnell zu seinem Tisch. Fünf Mark liegen neben dem leeren Glas. Die Zitronenscheibe hat er ausgelutscht und artig im Aschenbecher deponiert. Irgendwie sieht sie traurig aus, so ganz zerdetscht. Ich räume das Glas aufs Tablett und gehe zurück zur Theke. Fünf Mark sind viel zuviel! Entweder hat er reiche Eltern, oder ... – ach, was weiß ich. Spendabel, verliebt, einfach nur nett ...

„Alles klar?", fragt Ivi.

„He, nicht so viel quatschen!" Der Boss hat sich von hinten angeschlichen, lacht aber freundlich und kratzt sich fortwährend seinen Kinnbart.

Ich nicke Ivi nur kurz zu, alles klar, er hat mich nicht reingelegt. Wieso denn auch? Einer, der ganz versonnen sein Biobuch anlächelt, legt doch kein Mädchen wie mich rein! Ein bisschen traurig bin ich schon, aber morgen ist auch noch ein Tag, und ich fresse einen Besen, wenn da nicht gleich ein ganzer Haufen hübscher Achtzehnjähriger reinschneit ...

Gegen elf ist Schluss. Ivi und ich räumen die letzten Gläser weg, die Tische sind schon sauber, die Stühle hochgestellt.

„Noch zu *Carlos*?“, fragt Ivi.

„Nö. Bin müde.“

Ich bin wirklich hundemüde, total ausgelaugt und meine Füße schmerzen.

„Arbeitest du morgen?“, fragt Ivi weiter.

Ich nicke. „Spätschicht“, sage ich und hole meine Lederjacke von hinten. Ivi steht schon gestiefelt und gespornt und mit dem Schlüsselbund in der Hand da. Licht aus, abschließen, Küsschen links, Küsschen rechts, weg bin ich. Mein Mofa habe ich im Hinterhof abgestellt, zweimal links um die Ecke, plötzlich höre ich Schritte hinter mir. Verdammt, ich hasse es, wenn mir irgend so ein Typ hinterherläuft und dann auch noch nachts! Ich lege einen Zahn zu, aber auch die Schritte werden schneller, quietschende Sohlen – ich habe Angst. Gerade als ich überlege, ob ich dem Kerl meine Schlüssel in den Oberkörper rammen und ihm gleichzeitig in die Eier treten soll, taucht ein Schatten neben mir auf.

„Wart doch!“ Es ist das Mondgesicht. Seine Stimme klingt kratziger als noch vor ein paar Stunden.

„Oh Mann!“ Ich bin wirklich sauer. „Fast hätte ich dich … umgebracht!“

Der Junge bleibt wie angewurzelt stehen, kalkweiß leuchtet sein Gesicht im Licht der Laterne. Er bringt kein Wort mehr raus; vielleicht ist er sogar noch jünger als fünfzehn.

Ich gehe einfach weiter, aber das hindert ihn nicht daran, sich wieder an meine Fersen zu heften.

„Hör mal, was soll das?“, fahre ich ihn an, während ich mich gleichzeitig wahnsinnig geschmeichelt fühle.

Jetzt stottert er, der arme Kleine: „Ich dachte nur … Damit du eben nicht … überfallen wirst.“

Wie überaus aufmerksam! Ich grinse in mein Halstuch.

„Darf ich ein Stück mitkommen?“

„Wie heißt du denn?“, frage ich, als ob das meine Entscheidung in irgendeiner Weise beeinflussen könnte.

„Timmi.“ Er sagt das, indem er verzweifelt nach Luft schnappt. „Eigentlich Thomas. Aber keiner nennt mich so.“

„In Ordnung. Dann sage ich auch Timmi.“

Wir sind jetzt fast bei meinem Mofa. Obwohl ich die kühle Ziege mit Durchblick spiele, weiß ich beim besten Willen nicht, wie es weitergehen soll.

„Und du? Hast du auch einen Namen?“, fragt Timmi schüchtern. Ein Wink des Himmels!

„Lena. Lena Friedrichs.“ Eine warme Welle bricht sich im selben Moment in meinen Magen – genau wie vorhin, als das Glas runterfiel. „Das ist übrigens mein Superturboflitzer Cäsar“, füge ich hinzu und zeige auf das verdreckt-verrostete Mofa, das mein Onkel Jonathan vor anderthalb Jahren aus seinem Schuppen ausgegraben und extra für mich zum Geburtstag aufgemöbelt hat.

„Baujahr 1975?“

„Vielleicht auch 1875?“ Ich muss lachen und Timmi streift für den Bruchteil einer Sekunde meinen Arm.

Als wäre damit bereits alles gesagt, schweigen wir eine Weile. Verlegen scharre ich mit meinen Plateauturnschuhen im Sand und werfe kleine Häufchen auf. Es ist entsetzlich! Mondgesicht Timmi steht einfach da und sieht mich erwartungsvoll an. Ich bin die Ältere, also muss ich jetzt wohl entscheiden, wie es weitergeht …

„Willst du nicht langsam mal nach Hause?“, frage ich, als ich die Stille nicht mehr ertrage.

Timmi schüttelt den Kopf.

„Soll ich dich vielleicht ein Stück mitnehmen?“, biete ich ihm an und setze meinen Helm auf. „Ich mein …, Cäsar hat immerhin schon mich und meinen Onkel verkraftet …“

„Wär super …“

„Keine Angst, dass dich die Bullen ohne Helm erwischen?“

„Nö.“

Mit zittrigen Fingern öffne ich das Schloss, schwinge mich aufs Mofa und werfe den Motor an. Keine zwei Sekunden später sitzt Timmi hinter mir. Zwar mit ein wenig Abstand, aber seine Finger legt er fest um meine Taille. Ich frage ihn nicht, wohin er will, sondern düse einfach los – und zwar in meine Richtung.

„Was hast du vorhin eigentlich gelesen?", brülle ich nach hinten. Zum Glück muss ich Timmi dabei nicht ansehen. Denn bestimmt steht mir das Wort „verkrampft!" in fetten Lettern auf den Helm geschrieben.

„Ein Klimabuch."

„Ein Buch übers Wetter? Ehrlich?" Ich drehe mich kurz um. Timmis halblange Haare flattern im Wind.

„Ja. Ich würd später gern in der Forschung arbeiten."

Dieser Timmi überrascht mich und als ich nachhake, erzählt er irgendwas von Biometeorologie, was ich jedoch nicht richtig verstehe, weil uns gerade knatternd ein alter VW-Käfer überholt. Dann ist es wieder ruhig. Ich weiß nicht warum, aber ich fühle mich verpflichtet, das Gespäch irgendwie in Gang zu halten.

„Gehst du eigentlich noch zur Schule?" Blöde Frage! Was soll er denn sonst in seinem Alter tun? Vielleicht für den Unterhalt einer zehnköpfigen Familie aufkommen?

„Klar!" Timmi rückt ein Stück an mich heran. „Heilwig-Gymnasium."

Mittlerweile fahren wir schon auf dem Ring eins. Wenn ich noch zweimal links abbiege und dann die nächste Straße rechts nehme, sind wir bei mir. Mein Herz macht sich selbstständig und tuckert wie verrückt los. Mir ist ein bisschen schlecht. Wenn doch nur Ivi hinter mir sitzen würde! Von mir aus jeder x-beliebige Typ aus der Laterna Magica! Also, los! Den Sprung ins kalte Wasser wagen ...

„Wo musst du überhaupt hin?", frage ich mit einer mir selbst fremden Stimme.

„Ist schon richtig so."

„Straße?"

Timmi sagt nichts, schließt nur seine Arme enger um mich. Meine Güte! Das Mondgesicht macht mich noch fertig!

Kurzentschlossen biege ich die nächste Straße links ab und lenke das Mofa auf einen Parkstreifen.

Ich nehme meinen ganzen Mut zusammen. „Okay. Du willst nicht nach Hause?"

Timmi schüttelt den Kopf.

„Du willst mit zu mir?"

„Ich dachte ..."

Mehr sagt er nicht, hält nur den Kopf gesenkt.

„Was dachtest du?"

„Ich mein ..., ich weiß ja nicht, was mit deinen Eltern ist ..." Timmis Haare sehen ganz zerstrubbelt aus.

„Ich wohne mit meiner Tante zusammen. Und die ..." Ich halte mitten im Satz inne. Schließlich geht es Timmi nichts an, dass sie Krankenschwester ist und heute Nachtdienst hat.

Plötzlich steigt Timmi vom Mofa, macht einen Satz auf mich zu und drückt sich mit seinem ganzen Gewicht gegen mich. Noch durch seine Jeansjacke höre ich sein Herz pochen, oder ist es meins? Wild und unbeholfen suchen seine Lippen meinen Mund. Oje ... Er hat entschieden. Der Kuss dauert zu lange, um die Sache noch rückgängig zu machen. Zittrig und ohne ein Wort zu sagen schiebe ich das Mofa in den Hauseingang.

LENAS ZIMMER. NACHT.

In unserer Wohnung brennt Licht, wir müssen leise sein. Der Freund meiner Tante hat sich im Gemeinschaftszimmer eingenistet und guckt Fernsehen.

„Psst", sage ich, während ich Timmi über den Flur schubse. „Die zweite Tür links."

Natürlich habe ich nicht aufgeräumt, aber ihn scheint das

nicht zu interessieren. Wie auf Kommando presst er sich gleich wieder an mich. Küsse. Flackernde Lichtstreifen durch die Jalousie – merkwürdig, dass meine Erregung plötzlich abflaut.

„Warte", sage ich, als er schon an meinem T-Shirt hantiert. Ich schubse ihn ein Stück weg und mache die kleine Nachttischlampe an. Ich will ihn sehen. Bitte keine Anonymität.

Seine Wimpern sind lang und dicht, Markise auf, Markise zu, wunderschöne Augen hat er ...

„Wie alt bist du?", frage ich.

„Sechzehn. Fast." Die Ausbuchtung in seiner Hose ist nicht zu übersehen.

„Also fünfzehn." Ich muß grinsen. „Und damit bin ich viel zu alt für dich."

Timmi schüttelt heftig den Kopf. „Alter ist Quatsch. So was denken sich Leute aus, die keine Ahnung haben!"

Ich küsse ihn auf die Stirn – wie altklug er ist – weiß mittlerweile selbst nicht mehr, was ich von ihm will. Kondome liegen noch von Jakob in der Schublade, ich brauche sie nur zu holen und mit ihnen vielleicht die Sterne vom Himmel. So wird es für ihn sein. Eine einmalige Sache. Ich, die angeblich Erfahrene, zeige ihm, wo's langgeht, das wird er sein Leben lang nicht vergessen. Aber was ist mit mir? Wo bleibe ich dabei? Wäre es ein Triumph, ich als jungsmordende Diva, oder mache ich mich nur selbst zum Affen und verspiele meine Gefühle?

Ach was! Er sieht so lieb aus im Licht meiner Nachttischlampe, vielleicht habe ich immer einen wie ihn gesucht. Wir sollten reden, jetzt, *vorher*, aber was kann ich schon groß sagen? Er will mich, das ist alles, was ihn momentan interessiert. Und hinterher? Was macht man, wenn man die Sterne samt Kondom im Abfalleimer entsorgt hat?

Ach!

Ich beuge mich leicht vor, küsse ihn noch einmal, wandere dann von seinem Mund seitlich zu seinen Wangen, die noch ganz weich sind, linke Seite, rechte Seite ..., Timmi fängt an zu keuchen.

„Stop", sage ich und schiebe ihn ein Stückchen von mir weg. Doch er lässt mich nicht, küsst mich wild wie ein junger Hund, der noch nicht weiß, dass man vor einer befahrenen Straße Sitz zu machen hat. Ich ziehe kurz an der Leine, aber er leckt und sabbert, er kann es eben noch nicht anders, aber was dann kommt, ist eigentlich wunderschön: Wir ziehen uns gegenseitig aus und streicheln uns, auf einmal werden seine Bewegungen langsamer, nichts mehr von dieser Hektik, aber als er schließlich vorschnell in mich rein will, lasse ich ihn nicht.

Ich lange in meine Kommode; er sieht mich verschreckt an. Keine Angst, denke ich nur, und erledige für ihn – wenn auch unter einigen Mühen – die Arbeit. Geschafft. Gemeinsam legen wir los, es tut verdammt noch mal weh, ähnlich wie damals bei Jakob, aber egal. Leider geht alles ganz schnell, viel zu schnell, wahrscheinlich ist es wirklich sein erstes Mal. Bevor ich bis drei zählen kann, stöhnt Timmi auf und läßt sich wie ein nasser Sack auf mich fallen. Verschnaufpause. Dann hebt er seinen Kopf und lächelt mich an – verliebt, verknallt, verschossen? –, eine Sinfonie kleiner Küsschen landet auf meiner Nasenspitze, bevor er mich in den Arm nimmt und in langsamen, zärtlichen Bewegungen meine Achselhöhle streichelt, immer und immer wieder ...

Als ich später auf meinen Wecker schaue, ist es bereits halb zwei.

„Kriegst du keinen Ärger zu Hause?" Ich bin glücklich und müde und ziemlich erschöpft.

„Nö. Schon okay." Er räuspert sich. „Warum lebst du eigentlich mit deiner Tante zusammen?"

„Nur so ..."

Es geht Timmi auch nichts an, dass mein Vater tot und meine Mutter seit ein paar Monaten mit schweren Depressionen in einer Klinik für psychisch Kranke ist. Viele reagieren verschreckt, wenn ich das erzähle...

Gerne würde ich jetzt eine qualmen, doch lieber kuschele ich mich an Timmi und streichele seine weiche Haut. Es ist verrückt, aber ich bin nahe dran, mich zu verlieben. Wer weiß, vielleicht geht es Timmi ähnlich, aber warum sagt er eigentlich keinen Ton? Peinlich, peinlich – ist es das, was er denkt? Und wäre es denn wirklich so absurd, wenn es weiterginge? Er hat keine Freundin, bestimmt hat er keine, sonst wäre er mir nicht wie ein Hündchen nachgedackelt...

„Sag mal...", fange ich an, woraufhin Timmi seinen Kopf sofort in meine Richtung dreht. „Bist du eigentlich mit jemandem... zusammen?" Statt zu antworten, landet sein Gesicht in meiner Achselhöhle, wo er die Stoppeln mit Küssen pflastert.

Das ist auch eine Antwort, alles klar. Wahrscheinlich kann ich mir diesen Timmi abschminken. Schade. Aber was wäre, wenn...? Große Liebe mit einem, der noch nicht mal stubenrein ist? Alle würden sich kaputtlachen! Ivi, meine Tante... Vielleicht hätte ich vorher mal ein stilles Stündchen lang in mich gehen und mich fragen sollen, warum ausgerechnet er... Was hat er denn an sich, dass... Oh, Mann, ich glaub, ich drehe durch! Kann einfach nicht mehr vernünftig nachdenken. Nichts geht mehr! Aus, vorbei! Stattdessen verlangt mein Körper, dass wir es noch einmal versuchen...

Also, gut. Timmi scheint ebenfalls nichts dagegen zu haben. Noch ein paar Küsse, da steht er wieder seinen Mann, und die Kondompackung ist auch noch nicht leer. Diesmal schafft er's ein wenig länger, zwar rieseln keine Sternschnuppen vom Himmel, aber ich fühle mich wunderbar geborgen.

LENAS ZIMMER. MORGEN.

Was war das? Ein Traum? So ein warmer Körper neben, auf und unter mir, ich suhle mich in dem wohlig-lauen Gefühl, drehe mich um, mein Gott, es ist schon halb zwölf! Hektisch richte ich mich im Bett auf, was liegt da nur am Boden? Ich greife in eine glitschige Plastikhülle …

Da fällt mir alles wieder ein. Der Junge – kein Phantom. Timmi. Kaum ein vernünftiger Satz ist über seine Lippen gekommen. Ich kann mich nicht entscheiden, was ich zuerst fühlen soll: Die Freude über eine schöne Nacht oder die Trauer darüber, dass er sich einfach davongemacht hat – halt! Natürlich mußte er gehen, seine Eltern hätten sich sonst zu Tode gesorgt, und vielleicht hat er mir ja eine Nachricht hinterlassen. Adresse und Telefonnummer. Oder nur einen Satz. Ich liebe dich, zum Beispiel. Oder: Es war schön. Oder ein verheißungsvolles: Heute Nacht …?

Rasch springe ich aus dem Bett und reiße das Fenster auf. Nasskalte Luft schlägt mir entgegen. Nirgends ein Zettel zu sehen. Ich schaue alles durch, sehe vorsichtshalber sogar in den Schubladen nach. Der Flur! Vielleicht hat er seine Nachricht unter die Fußmatte gelegt, ganz wie man es aus romantischen Filmen kennt. Fehlanzeige. Ich sehe im Gemeinschaftsraum nach, im Badezimmer, in der Abstellkammer, ich laufe zum Briefkasten, nirgends ein Brief.

Bin ja auch selbst schuld. Ich habe mit einem Jungen geschlafen, den ich überhaupt nicht kenne. Ivi wird sich kaputtlachen. Bist du aber naiv, wird sie sagen. Glaubst du im Ernst, so einer will mit dir auf große Liebe machen?

Will er nicht? Aber wie er mich angesehen hat … Das kann doch nicht nur Masche gewesen sein!

Ich verziehe mich in die Küche und koche mir einen starken Kaffee. Meine Tante schläft noch, ihr Freund ist zum Glück aus dem Haus. Ich bin ganz alleine mit mir und dem Geruch der letzten Nacht, unserem Geruch von … Liebe?

Das war er dann wohl, der berühmte One-Night-Stand. Dass ausgerechnet mir so was passieren muss! Und wenn es andersherum war? Wenn Timmi gedacht hat, *ich* wollte nur einen One-Night-Stand?

Plötzlich tanzt mein Herz wieder. Es ploppt gegen meine Rippen und sagt mir, dass es bald Frühling wird. Bestimmt kommt Timmi heute Abend wieder ins Café. Natürlich wird er da sein! Er wird an Tisch Nummer drei sitzen, vor sich sein Klimabuch und eine Cola, manchmal wird er zu mir rübersehen und lächeln, und nur wir beide kennen unser Geheimnis. Ich werde Ivi nichts sagen, es ist besser so. Eine Ivi, die kichert und blöde Anspielungen macht, kann ich nicht gebrauchen … Später wird er draußen vor meinem Mofa warten, und dann …

Mein Gott, ich bin verliebt, wer hätte das gedacht! Dass mir so etwas nach dem Flop mit Jakob doch noch passieren konnte! Ich bin verliebt und taumele durch den Wintertag. Kann nicht essen, höre die Tango-CD meiner Tante, was soll's – ich dusche eine halbe Ewigkeit, und später rufe ich Mama an. Es geht ihr nicht gut, aber immerhin besser.

Gegen vier mache ich mich fertig. Ziehe den engen Rippenpullover zu einem ebenso engen Rock an und fahre zur Arbeit.

Timmi und Franzi

STRASSE. NACHT.

„Soll ich dich ein Stück mitnehmen?", hat sie gefragt – ein bisschen rau, ein bisschen zärtlich, nein, ich bin nicht verliebt! Ich bin ein Mann. M wie Marmelade, A wie Apfelpo und zweimal N wie… Nussnougat-Creme, alles zusammen *Mann!* Klingt ziemlich merkwürdig, das Wort. Nach: sich jeden Tag rasieren müssen und mit dem Auto zur Arbeit fahren, nach gesettlet sein und mit dem Hintern auf dem Fernsehstuhl kleben bleiben. So gesehen will ich kein Mann sein – oder doch? Jedenfalls bin ich's jetzt, daran gibt es nichts mehr zu rütteln.

Mist – den Nachtbus verpasst. Ich renne und renne und wundere mich, dass meine Turnschuhe noch nicht durchweicht sind. Dieser blöde Regen! Kriecht von unten in meine Hose und in den Kragen meiner Jacke – und wenn ich einfach dageblieben wäre?

Lena. Was ist das überhaupt für ein Name? Klingt irgendwie nordisch, nach blonden Mädchen mit langen Beinen. Und Franzi? Ach was! Es ist eben, wie es ist, bei Franzi hätte ich ja noch 100 Jahre warten können. Außerdem – mit fast 16 immer noch Jungmann sein – da kann man sich ja gleich die Kugel geben! Zumal diese Lena irgendwie so aussah, als ob sie es auch wollte. Mal testen, wie weit ich gehen kann, hab ich am Anfang gedacht und nie im Leben damit gerechnet, dass sie mich überhaupt auf ihr Mofa lässt. Und dann… Okay, ich wollte es, obwohl ich mehr Schiss als ein Ochse beim Bungeespringen hatte. Bin dann doch gesprungen, hab mich fallenlassen und nur noch gedacht, hoffentlich hält das Seil…

Mensch, immmer noch kein Ende in Sicht. Wenn ich Kohle hätte, wäre der Fall geritzt. Rein ins Taxi und endlich ins Bett. Aber ich hab keine Kohle, auch wenn ich jetzt ein Mann bin und massenhaft davon in meinem Portemonnaie sein sollte.

Franzi! Du bist das süßeste Mädchen, das ich je in meinem Leben getroffen habe, ehrlich, und trotzdem – wenn ich an Lena denke, gibt's ungefähr eine Million Kurzschlüsse in meinem Körper. Genauer gesagt, ziemlich weit unten, und dann düse ich mit meinem Ständer durch die Gegend und weiß nicht, wohin damit! Ab in den Mülleimer vielleicht? Oder ich geb ihn bei der Bahnhofspolizei ab, da kann er dann übernachten, und wenn er sich beruhigt hat, hol ich ihn wieder ab?

Ich würd ja gern nochmal … Lena ist klasse. Sie ist nett und hübsch – hellbraunes Haar und dunkelbraune Augen – und dann im Bett – oh, Mann!, sie weiß so ziemlich genau, wie sie ihn anzufassen hat …

Okay, vielleicht war's ein bisschen gemein von mir, sie mit einem Klimabuch zu ködern, aber richtig gelogen hab ich auch nicht. Ich find es schon unmöglich, was die Menschen umwelttechnisch alles falsch machen und somit dafür sorgen, dass die Erde bald den Bach runtergeht. Trotzdem will ich kein Forscher werden. Lieber Komiker. Oder ich gründe ein supergeniales Plattenlabel.

Mannomann, bin ich hundemüde. Und scharf. Und verliebt. Und weiß nicht mal, in wen. Ich fange an zu laufen, Franzi, Lena, ich zähle die beiden Mädchen mit meinen Schritten aus, schon biege ich in unsere Straße ein, Franzi, Lena, Franzi, Lena, Franzi, Lena … – da stehe ich vor unserer Tür. Aber es ist nun mal Tatsache, dass Franzi meine Freundin ist, und diese Lena – wer weiß, ob die nicht jeden Abend einen anderen Typen abschleppt. Wer Kondome mit den Zähnen aufreißt, muss doch massig Erfahrung haben.

„Wo kommst du jetzt her?" Mama taucht wie ein Gespenst aus der Dunkelheit auf.

„Von 'ner Fete", sage ich matt und verschwinde schnell in meinem Zimmer.

Mamas Gezeter verfolgt mich noch bis in den Schlaf. Du kannst mich mal, denke ich, während ich in Gedanken an Lenas Pummelbauch knabbere. Wow! Jetzt bin ich ein richtiger Mann!

KLASSENZIMMER. VORMITTAG.

Franzi sitzt vor mir, als ob überhaupt nichts passiert wäre. Es ist ja auch nichts passiert, jedenfalls nicht in ihrer Welt. Franzi ist immer noch Franzi, ich bin ich, und rein äußerlich kann ich auch keinen Unterschied feststellen. Außer dass ... Ich weiß nicht, wie ich es nennen soll, dieses komische Gefühl. Ein bisschen ist es so, als würde ich aufrechter gehen als gestern oder als wäre ich ein Stück gewachsen ...

Ehrlich, heute beim Aufwachen war das ein Gefühl, als hätte jemand mit einer Keule auf mich eingeschlagen. Ihr könnt mich alle mal, hab ich gedacht, mich umgedreht und noch ein Viertelstündchen an Lenas Busen weitergeschlummert. Bis Mama reingetobt kam. Keinen Pfennig Taschengeld würde ich mehr kriegen, hat sie geschimpft, dafür aber jede Menge Gartenarbeit, das könne sie mir garantieren. Also bin ich schnell raus aus dem Bett. Taschengeldentzug, das wär schon hammerhart! Okay, Mama, hab ich gesagt, am Wochenende grabe ich dir den ganzen Garten um und pflanze dir Palmen, von mir aus, aber Mama hat sich einfach umgedreht und ist in die Küche marschiert. Bis ich weg bin, hat sie kein einziges Wort mehr mit mir gewechselt, aber ich weiß ja, wie sie ist. Eben noch wütend wie sonst was und im nächsten Moment streift sie mir wie eine Katze schnurrend um die Beine.

Also gut. Bin also zu spät gekommen, rein in die Klasse – Herr Dinklage mußte natürlich auch noch einen Spruch ablassen – und als ich Franzi so ganz harmlos dasitzen sah, hatte ich auf einmal ein ganz schön schlechtes Gewissen.

Du Mistkerl, du mieser Typ, pöbelt seitdem eine Stimme so lautstark in mir, dass ich gar nicht mitkriege, was da vorne an der Tafel abgeht.

Schluss, aus! Lena müssen wir vergessen!, ordne ich meinem Schwanz an, der immer noch ganz rappelig ist.

Will ich aber nicht, bockt er, und ich drohe, ihn zwei Wochen lang nicht anzufassen, wenn er weiter so rumkrakeelt.

Das kannst du mir nicht antun!, jammert er weiter, aber ich falle auf diese Mitleidsmasche nicht mehr rein. Es ist doch immer dasselbe. Lasse ich mich auf sein Gezeter ein und befreie ihn aus seiner Misere, steht er zwei Stunden später wieder stramm und will nur das eine. Meistens gerade dann, wenn ich zum Sport muss oder bei den Hausaufgaben sitze oder Mama in der Tür steht, um mit mir ins Kino zu gehen. Manchmal könnte ich ihm links und rechts ein paar kleben, ehrlich!

Du hältst jetzt endgültig die Klappe!, raunze ich ihn an.

Okay. Mein Schwanz ist jetzt ziemlich kleinlaut. *Aber nur wenn du mir was versprichst …*

Was denn?

Dass wir mal bei Franzi vorbeischauen.

Mein Herz klopft – bei Franzi vorbeischauen? Sie wird uns nicht lassen, ich kenne sie doch.

Mal sehen, was sich da machen lässt, sage ich eine Spur milder. *Aber jetzt Ruhe.*

Okay, Chef. Mein Schwanz verzieht sich ins hinterletzte Unterhoseneckchen, während ich versuche, die komischen Formeln an der Tafel zu kapieren.

Ab und zu dreht Franzi sich um und lächelt mich schief an.

PAUSENHALLE. SPÄTER VORMITTAG.

„Morgen?“

„Bin ich beim Geigenunterricht.“

„Übermorgen?“

„Vielleicht." Franzi schüttelt ihre blonden Haare modelmäßig nach hinten.

„Und wieso das Fragezeichen?"

„Weiß nicht. Eben so."

„Kein Fragezeichen." Ich drücke ihr ein Küsschen auf die Wange und fasse sie um die Taille. Sie ist so schmal, viel zarter als noch vor ein paar Tagen. Oder ist es nur der Vergleich mit Lena? Abrupt lasse ich sie los. Verflucht! Vielleicht hätte ich doch nicht …

„Was ist?", fragt Franzi.

„Nix." Ich drehe mich um, damit sie mein Gesicht nicht sehen kann, die Lüge, die sich über Nacht reingebrannt hat.

„Hast du Physik gemacht?"

Ich nicke. Bin froh, dass sie das brüchige Eis verlässt und mich mit ans sichere Ufer zieht. „Kannst abschreiben, wenn du willst."

Während wir zurück in die Klasse gehen, frage ich mich, wo eigentlich mein ganzes Mannsein von heute Nacht geblieben ist.

BOOTSANLEGER. U-BAHN. FRÜHER ABEND.

Schweinekalt. Ich bibbere und versuche meine Hände durch Fingerübungen in den Hosentaschen warmzukriegen.

„Los, komm schon!", brüllt Peter über den Platz.

Ich rühre mich nicht von der Stelle, trete stattdessen lustlos gegen mein Skateboard. Peter kommt angefahren und bremst scharf vor meinen Füßen.

„In die Laterna?"

„Geht heute nicht."

„Tussi-Besuch?"

„Nee, meine Eltern …"

Peter will sich schlapplachen und brettert gekonnt um mich herum.

„Ey, Mann! Du kannst mir nicht erzählen, dass du um sieben zu Hause sein musst!"

Peter zieht mich mit sich fort, und ehe ich es peile, sitze ich neben ihm in der U-Bahn, wo ich richtiggehend zugequasselt werde. Lauter geniale Events am Wochenende … Mädchen, die heiß wie Mikrowellen waren … Auf ihn natürlich. Eine hat ihm an der Bar in die Hose gelangt. Unglaublich! Was für ein Hecht!

„Hör mal, ich kann wirklich nicht mitkommen", sage ich, als wir beim Hauptbahnhof umsteigen.

„Warum denn nicht? Jetzt mal ehrlich …" Peter sieht mich forschend an.

„Hältst du dicht?"

„Ehrenwort."

„Doppeltes Ehrenwort?"

„Ja!"

Peter klopft mir auf die Schulter, und ich erzähle ihm schnell die Lena-Geschichte. Die Wörter purzeln nur so aus mir heraus, ich wundere mich, dass meine Zunge da überhaupt mitmacht. Peter kriegt Stielaugen.

„Echt? Siebzehn ist die? Wie sind die Mädels so mit siebzehn?"

Ich antworte nicht, ärgere mich, dass ich überhaupt davon angefangen habe. Aber zu spät. Peter will alles wissen. Was für Stellungen und welche Techniken – als hätten wir ein ganzes Aufklärungsbuch durchgeturnt.

„Soll ich dir den Ablauf aufmalen?"

„Sorry. Ich dachte ja nur …" Peter zieht ein beleidigtes Gesicht, bevor er langsam Richtung Bus dackelt. Dann dreht er sich noch einmal um, grinst und hält seinen Daumen nach oben.

FRANZIS ZIMMER. NACHMITTAG.

Von ihrer Decke hängt ein Mobile. Kleine bunte Dreiecke, die sich beim geringsten Luftzug um sich selbst drehen.

Wie sah Lenas Zimmer aus? Chaosbude mit tausend Lämpchen an ihrem Kopfende, Leopardendecke ... Bloß nicht dran denken! Sonst werd ich sofort wieder scharf.

Franzi ist plötzlich aus dem Zimmer gegangen. Okay, ich hab das Klappen der Haustür vorhin auch gehört, ihre Eltern sind hundertprozentig weg. Vielleicht kommt Franzi gleich mit zwei Drinks rein und lächelt verwegen, und unter ihrem Rock hat sie kein Höschen an ...

Quatsch, Mann! Erstens ist Winter und Franzi trägt dicke Wollstrumpfhosen, zweitens würde sie so etwas sowieso niemals tun und drittens macht es mich wütend, dass mein Schwanz immer die Regie übernimmt und mir so spleenige Gedanken in den Kopf setzt!

Da reißt Franzi die Tür auf und grinst. Nicht verwegen, sondern süß. Sie stellt mir eine Cola hin und fängt an, Kekse zu futtern, was ich zum Glück ziemlich unerotisch finde. Wir reden ein bisschen über das bevorstehende Schulfest, wer die Musik organisiert und so. Franzi hat gehört, dass Herb abkommandiert ist, und ich sage, oh Gott, wenn der mit seinem Techno-Kram ankommt, können wir uns gleich alle begraben lassen. Ich trinke einen Schluck, sehe, wie Franzi ihre Grübchen aktiviert, und während ich von Peters irrsinniger CD-Sammlung schwärme und behaupte, dass es viel sinnvoller wäre, wenn Peter und ich die Sache in die Hand nehmen würden, macht sich mein Schwanz schon wieder selbständig. Ich halte das nicht mehr aus – ehrlich nicht! Beuge mich vor und küsse Franzi mitten in ihren Keksmund. Der schmeckt süß und krümelig, und Franzi fängt an zu lachen und zu prusten. An meinem Pullover klebt jetzt ein Häufchen aufgeweichter Keks.

„Du miese Schnecke!“, brülle ich und werfe mich mit Karacho auf sie.

Franzi spielt mit, oh Wunder. Sie lacht und kreischt, wir raufen uns auf ihrem Bett ... – ich bin zu allem bereit.

Es soll ja Mädchen geben, die sich klammheimlich die Pille

besorgen, damit sie vorbereitet sind – für den Fall der Fälle –, aber bei Franzi glaube ich eigentlich nicht an solche Wunder. Egal. Immerhin habe ich vorgesorgt, punktum. Bin rein in einen Dromarkt, hab erst das Kondom-Regal gesichtet, um dann zwanzigmal vor den Shampoos auf- und abzuwandern und so zu tun, als würde ich ein ganz bestimmtes Gel suchen. Da krebste nämlich so eine Horde Mädchen direkt nebenan bei den Schminksachen rum, und so cool bin ich doch nicht, dass ich mir einfach die Kondome nehme und damit zur Kasse marschiere. Die Aktion dauerte jedenfalls alles in allem zwanzig Minuten, dann stand ich schweißgebadet draußen. Uff!

Ob Kondome in der Hosentasche so zerknautschen können, dass sie reißen? Wir rangeln nämlich wie die Wilden, und ich presse meinen Unterkörper an Franzi – wahrscheinlich kriegt mein Schwanz doch noch mal den Oscar für die beste Regie. Ich schiebe Franzi den Pullover hoch, fasse ihre kleinen Brüste an, krabbele mit meinen Fingern Stück für Stück nach unten, bis ich ein paar Härchen und dann was Nasses, Weiches zu fassen kriege. Oh Mann! Mein Kopf fühlt sich an wie Franzis Mobile, das vor einen Ventilator geraten ist. Alle Dreiecke sausen durcheinander, ich denke gar nichts mehr, und während ich Franzi wie ein wildgewordener Idiot küsse, überhöre ich auch noch ihre leisen Neins.

Plötzlich stößt sie mich brutal weg.

„So nicht." Sie sagt das ziemlich grantig und hat eine steile Falte auf der Stirn.

Ich richte mich auf, da besinnen sich die Dreiecke in meinem Kopf und schwingen etwas ruhiger hin und her.

Franzi sieht immer noch aus, als würde sie gleich Gift und Galle spucken.

„Du willst nicht …?" Ich reiße mich zusammen und lächele sie ganz lieb an.

„Doch, aber anders. Und vor allem nicht jetzt!"

„In Ordnung." Ich senke den Kopf und betrachte in aller Ausführlichkeit meine löchrigen Socken.

Himmel nochmal bin ich bescheuert! Dabei hatte ich mir alles ganz anders ausgemalt. Romantisch, zärtlich, leidenschaftlich – und dann ist doch die Wildsau mit mir durchgegangen.

Ich schiele zu Franzi rüber. Sie sieht plötzlich so verletzlich aus, dass ich sie am liebsten küssen möchte. Doch Franzi zieht ihre Knie vor die Brust und starrt an mir vorbei auf den dunkelblauen Teppichboden.

„Ich warte, bist du soweit bist", höre ich mich sagen. „Ist doch logo …"

Keine Reaktion.

„Musst mir nur Bescheid geben …"

Immer noch keine Reaktion.

Ich sage nur eins: Mädchen!

SCHULE. VORMITTAG.

Sie ist total kühl. Herz aus Eis. Ich versuche Mikrowelle zu spielen, aber sie macht einfach dicht. Wir reden Leipziger Allerlei, belangloser geht's nicht. In der zweiten großen Pause frage ich sie, ob sie am Wochenende mit ins Konzert kommt.

„Wer spielt denn?"

„*Pulsschlag*."

„Ihh! Grauenvoll."

„Kennst sie doch gar nicht."

Sie zuckt nur gelangweilt, und ich habe nichts Besseres zu tun, als ihr knallharte Vorwürfe zu machen. Wenn man sich nie für das interessiert, was man nicht kennt, sondern seine Vorurteile wie ein Haustier pflegt und hätschelt, kann man im Leben ja nicht weiterkommen und so weiter und so fort.

„Ach so! Du bist also das Beispiel für jemanden, der es unheimlich weit gebracht hat!" Mit diesen Worten lässt sie mich einfach stehen.

Ich kaufe mir Schokolade und Chips und futtere, bis mir schlecht wird.

TIMMIS ZIMMER. VORMITTAG.

Es kommt noch dicker. Sie behandelt mich, als wär ich ein Hundehaufen am Straßenrand. Ich bin wütend und traurig und weiß nicht, was ich tun soll.

In unserer Wohnung fühle ich mich einfach grässlich. Wie eingesperrt. Selbst schuld, wenn man die Schule schwänzt, würde Mama sagen, aber weil sie in ihrem Übersetzerbüro abhängt, kriegt sie sowieso nichts davon mit. Okay, ich könnte zum Beispiel Vokabeln lernen und mich später dazu entschließen, doch noch zum Bootsanleger zu fahren. Spitzenmäßige Aussichten! Vokabellernen finde ich überflüssig und Skateboardfahren kindisch. Kindisch wie Peter. Vor ein paar Tagen hab ich ihn mir angeguckt und gedacht, mein Gott, wie albern der bloß ist! Ein bisschen auf dem Skateboard rumkurven, manchmal einen saufen gehen und coole Mädchen-Geschichten erzählen.

Da ziehe ich mich schon lieber in mein Bett zurück und beschäftige mich mit meinem Schwanz. So lästig er manchmal sein kann – immerhin gibt er mir das Gefühl, dass ich wichtig für ihn bin und schenkt mir ein paar schöne Minuten.

Nachdem ich abgespritzt habe, überlege ich, ob ich nicht in die Laterna fahren sollte. Herzklopfen. Vielleicht ist Lena wieder da ... Ihre Brüste, ihre Schenkel, ihre ... Wo ich schon beim Thema bin ... Eigentlich könnte ich gleich noch mal von vorne anfangen. Ich mache rum, aste mir einen ab, kriege aber irgendwie nicht die Kurve und breche die ganze Aktion ab. Bleibe ich eben im Bett und drehe ausnahmsweise Däumchen.

Was hätte das auch für einen Sinn mit Lena? Für sie bin ich doch nur ein unreifes Baby, dessen Bartstoppeln noch nicht mal richtig pieksen, und außerdem – wie blamabel –, wenn ich ihr erkläre, warum ich neulich einfach abgehauen bin ... Hab mich aus ihrem Bett gestohlen, als wär sie eine schleimige Kaulquappe und dabei ... ach! Wenn ich wenigstens wüsste, in wen ich nun verliebt bin. In Lena oder in Franzi. Es ist doch verrückt: Da passiert so eine bestimmte Sache und plötzlich weiß man nicht mehr, ob die Sterne am Himmel hängen oder der Himmel an den Sternen klebt!

Franzi ist süß und lieb, sie kennt die Busabfahrtszeiten auswendig, sie lacht mit Grübchen in den Wangen und ihre Haut ist samtig weich. Lenas Haut ist auch samtig weich, sie hat ein kleines Dreieck aus wunderschönen braunen Haaren, und wenn man weitergeht, puh ...

Peter und die anderen winken beim Thema Liebe doch nur ab. Klar, Sex finden sie super, und Mädchen sind super, und überhaupt ist alles mordsmäßig super, aber keiner erzählt einem, ob er schon mal sein Herz dabei verloren hat ...

Oh, der Briefkasten klappt. Ich düse zur Haustür; es könnte ja sein, dass sich mal ein einsamer Liebesbrief zu mir nach Hause verirrt hat. So nach dem Motto „Lieber Timmi, schon immer habe ich gefunden, dass du ein toller Typ bist, aber seit ich dich letztens auf dem Schulhof gesehen habe, bin ich total verrückt nach dir, und jetzt möchte ich unbedingt mit dir schlafen. Melde dich! Deine Yvonne." Oder: „Timmi! Wenn ich abends im Bett liege, kann ich nicht einschlafen, weil ich immer an dich denken muss. Ich bin sechzehn, habe große Brüste, wallendes blondes Haar und warte auf dich ... Deine Fabienne."

Oje – ich sollte Dichter werden! Gedankenverloren hebe ich ein ganzes Bündel Briefe vom Boden auf. Rechnungen, Werbesendungen, nur ein Umschlag lässt meinen Puls in die Höhe schnellen: Franzis Handschrift, kleine schnörkelige Buchstaben, hingemalt mit lila Tinte. Sie liebt mich, sie liebt mich nicht, sie will mich heiraten, sie will es nicht, sie lädt mich zu sich nach Hause ein, hat es sich endlich überlegt, oder sie liebt einen anderen ... Ich reiße den Umschlag auf – Herzrasen ...

„Timmi, du kannst mich mal, du Würstchen! Klasse, dass du dir eine Rentnerin ins Bett gezerrt hast und es auch noch überall rumposaunst. Tu einfach so, als hätte es mich nie gegeben. Reiß am besten auch die Seite mit meinem Nachnamen aus dem Telefonbuch. Franzi."

Mist, Mist, Mist! Wenn ich doch nur heulen könnte!

Ich zerfetze den Brief und lasse ihn in tausend kleinen Schnipseln aus dem Fenster regnen.

BOOTSANLEGER. NACHMITTAG.

Okay, Scateboardfahren. Ich tue ja so einiges, damit die Zeit irgendwie rumgeht. Peter winkt mir von weitem fröhlich zu, er hechtet auf sein Brett und zeigt mir einen von seinen Wahnsinnssprüngen.

Toller Junge. Muss schon sagen! Ich bleibe ganz ruhig stehen und warte, dass sich der Herr in meine Richtung bequemt... Endlich. Er scheint zu kapieren, rollt in weichen Schlangenlinien auf mich zu.

„Was ist?" Erst ein paar Zentimeter vor meinen Schuhspitzen kommt er zum Stehen.

„Das ist!" Meine Faust schnellt nach vorne, trifft ihn irgendwo zwischen Nase und Kinn. Peter taumelt zurück, was dann passiert, sehe ich nicht mehr, weil ich in aller Seelenruhe zurück zur U-Bahn schlendere.

TIMMIS ZIMMER. ABEND.

Es gibt Tage, da würde ich sehr viel drum geben, einen Fernseher in meinem Zimmer zu haben. Einfach abschalten, sich durch die Kanäle zappen und vergessen, dass plötzlich alles anders ist. Ein Leben ohne Franzi und ihr helles Lachen, ein Leben ohne Straßenheld Peter, der immer weiß, wo es langgeht.

Lena! Das einzige, was mir bleibt, ist die Erinnerung an die paar Stunden in ihrer Bude. Wahrscheinlich habe ich alle

Glücksgutscheine in dieser einen Nacht verspielt, und irgendein Oberboss weigert sich, noch neue für mich nachzudrucken.

Das Telefon klingelt. Wenig später platzt Mama rein und reicht mir das schnurlose Telefon. Irgendwie wird mir ziemlich komisch im Bauch.

„Ja?"

„Ich bin's. Peter."

„Was willst du?"

„Mensch, was sollte das vorhin? Hatte totales Nasenbluten, du Kanaille!"

„*Du* bist die Kanaille!" Am liebsten würde ich einfach das Telefon ausstellen, aber mich interessiert schon, was Peter zu dem Thema Rentnerin zu sagen hat.

„Wieso Rentnerin?", fragt er dumpfbackenmäßig.

„Tu doch nicht so! Du hast nicht dicht gehalten!"

Stille in der Leitung, die wehtut. Ich höre Peter schnaufen. Die Wut steigt wieder in mir hoch. Schade, dass ein paar Kilometer zwischen uns liegen …

„Mensch, das stimmt doch so nicht."

„Und ob!" Zu gerne würde ich sein Gesicht jetzt sehen, seine zusammengekniffenen Schlitzaugen und diese Hektikflecken, die er immer in Stressmomenten am Hals kriegt.

„Ehrlich! Ich hab nur Mika was angedeutet."

Was angedeutet! Und dann auch noch Mika! Plötzlich ist mir alles sonnenklar: Peter sagt es Mika. Mika sagt es Oliver. Oliver seiner Freundin. Seine Freundin ihrer besten Freundin Franzi. Ich hab das Gefühl, als müßte ich kotzen.

„Du Oberarschloch!", sage ich und lege auf.

SCHULFEST. ABEND.

„Willst du eine?"

Oliver hält mir eine Schachtel Luckys hin.

„Lass mich bloß in Ruhe!"

„Und du mach dir nicht ins Hemd.“ Er hört nicht auf, mir das Dreckszeug anzubieten.

„Ich rauche nicht, kapiert?“

„Schon gut!“

Er zündet sich eine an, bläst eine Ladung Rauch schräg an mir vorbei.

„Peter tut's übrigens Leid.“

„Schön für ihn.“ Ich weiß zwar, dass ich mich gerade wie eine beleidigte Leberwurst aufführe, aber ich kann es eben nicht ändern. „Und dir? Tut's dir vielleicht auch Leid? Und Mika? Ihr könnt ja einen Club der Tut-mir-Leid-Täter aufmachen!“

„Wir wussten doch nicht ... Außerdem ..., Mensch, du kannst dir doch auf die Schulter klopfen und dich beglückwünschen. Eine neunzehnjährige ...“

„Siebzehn. Sie ist siebzehn.“

Ich nehme meine Colaflasche und verziehe mich auf die andere Seite der Aula.

Blöde Musik. Alle zucken sie wie wild, und ich frage mich, was ich hier eigentlich zu suchen habe. Heimlich und hechelnd Franzi nachsteigen? Das bringt doch nichts. Bestimmt findet sie es nur gerecht, dass ich wie ein Hund leide. Also schließe ich ein Abkommen mit mir selbst. Du guckst sie einfach nicht an, sie ist dir total egal, du bist nur hier, um dich zu amüsieren.

Stop! Gedankenfehler! Das mit dem Sich-Amüsieren ist ja wohl ein Scherz. Bei dieser Techno-Soße! Andererseits könnte ich da vielleicht was arrangieren. Schließlich hat man als Schüler auf dem Schulfest dieser Schule doch ein Anrecht darauf, dass auch mal 'ne andere Musikrichtung gespielt wird.

Herb thront vor einem ganzen Haufen Kassetten und CDs. Er scheint nicht gerade happy zu sein, als ich mir ein paar Kassetten schnappe, um sie mir genauer anzusehen.

„Gibt's etwa was zu mosern?“, fragt er.

„Könntest ja die mal spielen", sage ich und reiche ihm eine Kassette, auf der auch ein paar passable Hip-Hopp-Stücke sind.

„Also doch was zu mosern."

Bewundernswert, wie Herb es immer hinkriegt, dass man keine Lust hat, auch nur eine Sekunde mit ihm zu reden.

Ich düse ab, ertappe mich dabei, wie ich nach einem bestimmten Blondschopf Ausschau halte. Merkwürdig, dass Franzi nirgends zu sehen ist. Normalerweise hopst sie auf Schulfesten immer als erste durch die Gegend. Einen kurzen Moment lang flackert so etwas wie Hoffnung bei mir auf. Vielleicht geht es ihr ja auch mies, unsretwegen, vielleicht wird ihr gerade klar, dass es ein Fehler war, mir so einen bescheuerten Brief zu schreiben, und in einer halben Stunde ist sie hier und fällt mir um den Hals ...

„Hi." Peter steht auf einmal neben mir und reicht mir eine Cola. Selbst im Dämmerlicht kann ich seine wunderschön verkrustete Lippe erkennen.

„Was willst du?", frage ich und fange unwillkürlich an zu grinsen.

„Sorry sagen."

„Ach." Ich bin sauer wie nichts Gutes und hoffe trotzdem, dass ich ihn nicht ganz verloren hab.

„Entschuldige!! Bitte!!"

Wie er dasteht! Ein Häufchen Mensch mit zerdetschter Lippe.

Ich muss auf einmal lachen.

„Steht dir aber gut, die Kruste!"

„Ich hab sie mir angeguckt, deine Tante."

Oh, Mann! Hat das immer noch kein Ende!

„Bitte tu mir einen Gefallen und lass das Thema", sage ich.

„In Ordnung." Peter klingt kleinlaut, fast ein bisschen jämmerlich. „Ich glaub, ich geh mal tanzen." Mit diesen Worten stiefelt er auf die Tanzfläche, ich düse ihm nach – auch wenn Herb meine Wunsch-Kassette natürlich nicht eingelegt hat. Aber egal. Besser zu Techno zappeln, als im eigenen Trübsinn ersticken.

Peter tanzt total abgefahren. Und wie die Mädchen ihn anhimmeln! Manchmal bin ich ziemlich neidisch, aber das würde ich nie zugeben. Es ist heiß hier, verdammt heiß, der Schweiß läuft mir nur so runter, und da sehe ich sie: Franzi in einem scharfen Minikleid, die Haare zum Pferdeschwanz gebunden, wie ein Flummi hüpft sie auf und ab, keinen Meter ist sie von mir entfernt, aber ihr kommt es gar nicht in den Sinn, mich mal zu beachten.

Warum tut sie mir das nur an?

Ich tanze absichtlich in ihrer Nähe, nähere mich Zentimeter um Zentimeter, soll sie ruhig merken, wie albern sie sich aufführt. Grässlich knallrote Nägel hat sie und sieht damit aus wie ein Pudel, den man mit rosa Schleifchen verziert hat. Als ich dicht genug an ihr dran bin, schaut sie mich plötzlich mit ihren maskenhaft angepinselten Augen an.

„Karneval kommt erst noch!", brülle ich gegen die Musik an, aber sie reagiert nicht, guckt, während sie tanzt, einfach durch mich hinduch. Dann hält sie auf einmal in ihren zackigen Tanzbewegungen inne, bleibt stehen und rennt, indem sie ziemlich ruppig meine Schulter streift, einfach von der Tanzfläche.

Ein letzter Versuch. Ich laufe ihr nach, ihr blonder Pferdeschwanz wippt in greifbarer Nähe, gleich kann ich sie an der Schulter fassen, doch dann dreht sie sich um.

„Hau ab!", schreit sie mich an.

Ich bleibe wie angewurzelt stehen, in meinem Kopf rattert es. Peinlich, dass ich so schwitze. Bestimmt findet sie mich nur noch ekelhaft und abstoßend.

„Franzi! Ich wollte das nicht!" Mist! Schon wieder so eine idiotische Lüge.

„Kapierst du nicht? Es ist aus." Jetzt sehe ich, wie auch bei ihr kleine Schweissperlen aus der Make-Up-Schicht treten.

„Ich will deinetwegen aber nicht das Telefonbuch zerreißen", sage ich plötzlich ruhig.

„Dann schmeiß es doch ganz in den Müll."

Weg ist sie. Ich habe einen Kloß im Hals, und wenn ich nicht aufpasse, fange ich gleich an zu heulen. Ein Bier, das wär jetzt was, aber hier gibt's keinen Alkohol, sowieso. Nach Hause gehen mag ich auch nicht. In die Laterna Magica? Vielleicht wartet dort Lena, und vielleicht macht es ihr auch nichts aus, mich und meinen Schwanz ein bisschen zu trösten.

Quatsch! Bloß nicht sentimental werden. Mädchen gibt es wie Sand am Meer, und wenn man's genau nimmt, bin ich eigentlich gar nicht so übel. Ich kann zuhören (das mögen die Mädchen), ich bin zärtlich (das mögen sie auch), und ich stehe nicht auf Fußballspielen und Rumgrölen (das mögen die Mädchen erst recht). Außerdem bin ich (seit kurzem) der tollste Lover der Welt, und wenn ich in den Spiegel gucke, wird mir auch nicht gerade übel. Juhu! Kein Grund zu jammern.

Okay. Ich hole mir eine Cola, die trinkst du noch, denke ich, dann legst du dich schön brav zu Hause ins Bett, bist vielleicht noch ein bisschen nett zu deinem Schwanz und denkst darüber nach, wie du die Erde revolutionieren kannst. So weit, so gut. Die Cola ist schön kalt, prickelnd wie in der Werbung, und auf einmal läuft Franzi direkt vor meiner Nase vorbei und hat ihre knallroten Nägel samt Hand irgend so einem Null-Acht-Fuffzehn-Typen anvertraut. Billige Rache, denke ich und lasse meine Cola einfach stehen.

FRANZI und PAUL

SCHULFEST. ABEND.

„Willst du?"

Ein baumlanger Typ steht vor mir und hält mir eine Cola hin.

„Danke."

Kommt mir gerade recht. Meine Wut auf Timmi runterspülen.

„Das letzte Schulfest war aber besser", sagt er jetzt eine Tonlage tiefer.

„Ja. Eindeutig." Ich nehme einen Schluck, gucke dabei auf sein T-Shirt, auf dem *Plexus vier* steht.

„Die Musik ist hundsmiserabel."

Ich nicke, und der Junge fragt mich, was für Musik ich denn hören würde.

„So dies und das. Diskostücke aus den Achtzigern, ein bisschen Jungle und Musicals."

Der Typ sieht gar nicht glücklich aus, als ich das sage. Ich schweige und gucke in die tanzende Menge. Timmi ist verschwunden. Wer weiß, vielleicht musste er zu seiner Rentnerin in die Laterna Magica. Von wegen wilde Nächte und so.

„Schmeckt die Cola?", tönt es an meinem Ohr.

Was für eine selten dämliche Frage! Ich zucke die Achseln und wundere mich, dass er so hartnäckig ist. Meistens finden Jungs mich nur süß und lieb und so, aber nicht scharf genug, um sich mit Haut und Haaren für mich ins Zeug zu legen. Okay, vielleicht liegt's heute an meiner Aufmachung, ich habe make-up-mäßig nicht gerade gegeizt – alles nur, um Timmi zu schocken. Mit rentnermäßigen Kellnerinnen kann ich schon lange mithalten! Mich anpinseln und auf cool machen. Bis auf den Nagellack finde ich mich auch ziemlich cool. Und Timmi kann mich mal, ehrlich! Drei Monate waren wir zusammen, drei Monate große Liebe und jetzt das! Was soll das? Erst liebt man sich wie verrückt und findet gemeinsam, dass man mit dem richtigen Sex noch warten kann, man spart sich auf, weil man denkt, irgendwann kommt der Moment, wo man spürt, jetzt ist es soweit, heute ist der Tag, an dem alles anders wird, aber dann dreht der andere einfach vorher durch und bricht das unausgesprochene Abkommen... Es tut so weh, so verdammt weh, aber das Herz wird es mir nicht zerreißen!

Der Kerl an meiner Seite beugt sich zu mir runter, irgendwie ungelenk und in Zeitlupe.

„Alles klar?", flüstert er in mein Ohr.

„Weiß nicht." Keine Ahnung, warum ich das sage, aber da hat er mich schon bei der Hand gepackt und zieht mich zu der Sitzgruppe am Eingang der Aula. In meinem Kopf duselt es, als hätte ich mindestens zwei Glas Sekt getrunken. Plötzlich taucht Timmi aus dem Nichts vor mir auf, beinahe streifen wir uns, als wir aneinander vorbeigehen. Wie er mich anglotzt! Mit ganz starren Augen... Wenn der mich nicht mehr liebt, fresse ich einen Besen!

Als wir uns setzen, ist der Kopfdusel zum Glück weg. Vielleicht hat Timmi ja gesehen, wie mich der Lulatsch angefasst hat – das wär's überhaupt. Vielleicht ist er uns auch nachgekommen und beobachtet uns jetzt aus irgendeinem Versteck. Gut so. Ich beuge mich vor und schaue meinem Verehrer tief in die Augen. Eigentlich sieht er nicht übel aus, auch wenn er nicht gerade mein Typ ist. Markantes Gesicht, Hakennase – ziemlich geheimnisvoll...

„Wie heißt du eigentlich?", frage ich.

„Paul. Und du?"

„Franzi."

Paul streicht mit dem Zeigefinger über seine üppig behaarte Nasenwurzel, lächelt dann versonnen vor sich hin. „Franzi klingt schön, weißt du das? Irgendwie frech, aber auch lieb."

Das hat mir noch keiner gesagt. Ich finde es sehr nett von ihm, auch wenn mir klar ist, dass sich manche Jungs Standardkomplimente zurechtlegen, die sie nach Bedarf ausspucken.

„Komisch... Du bist mir noch nie aufgefallen." Noch während ich das sage, wird mir klar, wie das nach hinten losgehen kann.

Angenommen, er scharwenzelt schon seit ein paar Jahren um mich herum, nur ich hab's wieder nicht mitgekriegt, dann wäre das eine echte Beleidigung. So nach dem Motto: Trotz deiner Größe bist du so unscheinbar, dass man dich nicht mal wahrnimmt, wenn du auf Händen an einem vorbeiläufst.

„Kein Wunder. Ich lass mich auch nur selten in der Schule blicken."

„Warum denn?"

Paul zieht die Nase kraus und sagt dann feierlich: „Ich bin Leistungsschwimmer – Nationalmannschaft."

„Echt?" Ich muss gestehen, ich bin ziemlich beeindruckt. Ein stinknormaler Schüler und doch berühmt. Dagegen ist Timmi mit seiner Rentnerin ja wirklich eine Nullnummer!

Jetzt riskiere ich einen zweiten, genaueren Blick und stelle fest, dass mich leider Gottes irgend etwas an Paul stört. Aber was? Seine leicht wulstige Oberlippe? Oder ist es die Tatsache, dass beim Sprechen immer mal wieder Spuckekrümel in seinen Mundwinkeln auftauchen?

An Timmi hat mich gar nichts gestört. Ich mochte, wie er roch und wie er lachte, wie er manchmal nervös mit den Fingerspitzen auf den Tisch trommelte, wie er aß und wie er mich geküsst hat...

Paul erzählt mir derweil einen Haufen Zeugs über seine Schwimmerei, was mich eigentlich nicht so rasend interessiert.

Dass er in Brust besser ist als in Delphin und früher nie geglaubt hätte, mal so weit zu kommen, er zählt lauter Titel auf, die er gewonnen hat und will mir weismachen, dass die Menschen eigentlich im Wasser leben sollten.

„Und wieso bitteschön?" Ich fange an zu lachen.

„Weil in den Meeren viel mehr Platz ist. Und weil es reichlich Nahrung gibt. Bei uns auf der Erde ist doch schon alles abgegrast."

„Aber wir haben keine Kiemen! Wie sollten wir da atmen?"

„Schon mal was von Lungenfischen gehört?" Paul saugt an seinem Strohhalm und legt dabei seine Stirn in Falten.

Ich weiß nicht… Seltsame Theorien, die dieser Typ vertritt.

Eigentlich fühle ich mich ganz wohl auf dieser Erde. Da gibt es Heizungen, kuschelige Betten und Kinos, und wenn's aus Eimern schüttet, kann man unter Regenschirmen Schutz suchen.

„Mein Sternzeichen ist Wassermann. Das Wasser ist eben mein Element."

Oh mein Gott, wie gebildet der sich ausdrückt!

„He, ich bin auch Wasserfrau", sage ich und sehe ihn provozierend an. „Aber ich steh nicht unbedingt auf Wasser. Und auf rohen Fisch und Algen schon gar nicht."

„Dann bist du eben eine Ausnahme." Paul schaut fast ein wenig beleidigt drein.

Jetzt sagt er nichts mehr. Ein günstiger Moment, mich umzugucken. Zu gerne würde ich wissen, ob Timmi noch irgendwo hier herumlungert. Die Musik ist grässlich. Hammerharter Techno mit bestimmt 300 Beats pro Minute. Puh! Irgendwann wird mir unser Schweigen doch zu unangenehm. Mit Timmi brauchte ich manchmal ewig nichts zu reden, und trotzdem hat es keinem von uns was ausgemacht. Na ja – ich kenne diesen Typen eben noch nicht so lange…

Da fällt mir was ein: „Hör mal", sage ich. „Stimmt es eigentlich, dass sich Schwimmer am ganzen Körper rasieren?"

„Na klar, stimmt das." Paul guckt schräg an mir vorbei auf mein Ohrläppchen. Als ob ich da Ausschlag hätte oder so.

„Und du? Machst du's auch?"

„Logo. Bringt immerhin Zehntelsekunden."

„Zeig doch mal." Ich bin wirklich neugierig.

„Nö", brummt Paul. „Jetzt nicht."

„Bitte! Nur deinen Arm, ist doch nichts dabei!"

Paul kneift die Augen ärgerlich zusammen. „Lass uns lieber tanzen."

„Keine Lust." Nun bin ich auch bedient.

„Dann bringe ich dich jetzt nach Hause." Klingt ziemlich eingeschnappt, der Typ.

„Lass nur … Ich kann schon alleine gehen."

Ich stehe auf und lasse Paul mit seinem rasierten Körper einfach sitzen.

STRASSE. NACHT.

Draußen bläst mir ein eisiger Wind um die Ohren, so dass sich alle Nackenhaare gleichzeitig aufstellen. Blöder Kerl! Nicht dass die Jungs nach meiner Pfeife tanzen sollen, aber wenn einer behauptet, dass er sich rasiert und sich dann anstellt, wenn er nur mal seinen Ärmel lüften soll, finde ich das einfach affig! Will sich doch nur wichtig machen, der Spinner.

Kaum bin ich zwei Schritte gegangen, ist Paul hinter mir.

„Franzi!"

„Okay. Was willst du?"

Paul ragt bohnenstangenmäßig neben mir auf.

„Dich nur nach Hause bringen! Ehrlich!" Er schaut auf seine Turnschuhe, die wie grau-weiße Gummiboote aussehen. „Ich finde es nicht gut, wenn du so ganz alleine durch die Nacht spazierst."

„Aber ich! Stell dir vor, ich finde es riesig!" Manchmal macht es mir großen Spaß, die Zicke zu spielen.

Ich laufe weiter, aber Paul dackelt mir nach. „Wenn du magst, zeige ich dir beim nächsten Mal meine rasierten Arme."

„Ein Mann, ein Wort?" Ich sehe ihn von der Seite an. Paul hat ein spitz hervorstehendes Kinn, auf dem komischerweise ein paar verzeinzelte Barthaare sprießen.

„Klar." Er lacht. „Was zeigst du mir dafür?"

Ich überlege. Soll das eine blöde Anmache sein, so nach dem Motto, was für einen Busen hast du, Apfel oder Birne – aber eigentlich kann ich mir das nicht bei ihm vorstellen. Paul wirkt eher zurückhaltend, fast ein wenig verklemmt. Und als ich nicht antworte, fragt er mich, ob ich irgendetwas sammeln würde. Wie kommt der jetzt bloß darauf?

„Nö", murmele ich nur. „Aber du wahrscheinlich …"

Paul nickt. „Jazz-CDs und Fischbücher."

Ohne dass ich es verhindern kann, fange ich lauthals an zu lachen. „Ich hab früher Fischbrötchen gesammelt", ziehe ich Paul auf, „aber jetzt bin ich auf Knäckebrot umgestiegen, das fängt nicht so schnell an zu stinken!"

Ich muss immer weiterlachen, während Paul völlig regungslos geradeaus starrt. Bestimmt fand er das nicht grad komisch. Mir doch egal. Ich hab keine Lust mehr, den Jungs immer nach dem Mund zu reden!

„Was meinst du denn mit Fischbüchern?", hake ich mit einigen Glucksern in der Stimme nach.

„Bücher über Fische eben. Interessiert mich schon, seit ich zehn bin." Paul klingt tödlich beleidigt, und um ihm nicht den ganzen Abend zu vermiesen, sage ich: „Sorry. Tut mir Leid." Etwas halbherzig füge ich noch hinzu, das mit den Fischbüchern habe sich nur so skurril angehört, im Grunde sei es ja ein wahnsinnig spannendes Thema, blabla …

Wie biegen in unsere Straße ein, und noch bevor ich mich entscheiden kann, ob ich es eigentlich gut finde, dass Paul meine Adresse kennt, fragt er mich nach meinen Hobbys.

Wieder so eine bescheuerte Frage! Ich habe keine Hobbys, zum Teufel nochmal! Ich schlafe, ich esse und ich trinke. Ich lese gerne, gucke heimlich Bravo-TV und freue mich immer, wenn Mutti, Vati, mein kleiner Bruder Kai und ich am Wochenende Ausflüge an die Ostsee machen. Ich versuche ganz einfach, es mir gutgehen zu lassen und nicht darüber nachzugrübeln, ob ich später auch mal einen Job kriege. Basta!

„Kochen macht mir Spaß“, sage ich ohne groß nachzudenken. Ich habe wirklich keine Lust, diesem Kerl hier meine Lebensphilosophie zu erklären.

Jetzt ist es Paul, der mich irritiert ansieht. „Kochen?“, wiederholt er begriffsstutzig.

„Ja, kochen!“

„Was denn so?“

„Ich experimentiere im Nudelbereich“, sage ich und muß wieder kichern. Alles gelogen! Ich bin schon froh, wenn ich ein halbwegs passables Spiegelei hinkriege, und meistens wärme ich dann doch lieber eins dieser Fertiggerichte auf.

Jetzt stehen wir vor unserem Wohnblock – ein ziemlich hässlicher, schmutzig-gelb angetünchter Kasten. Keine Bäume davor, nur ein paar triste Sträucher.

„Hier wohne ich.“ Ein Blick an die Fassade nach oben, vielleicht rätselt er jetzt, welches das richtige Stockwerk ist, aber freiwillig sage ich keinen Ton. Er fragt mich auch nicht – zum Glück –, will stattdessen wissen, ob er mich anrufen darf.

„Von mir aus.“ Ich schließe die Haustür auf.

„Franzi! Wie heißt du mit Nachnamen?“ Ein Anflug von Panik in seiner Stimme.

„Das musst du schon selbst rauskriegen!“ Immer schön das Fischchen zappeln lassen!

Fies grinsend verschwinde ich im Flur.

FRANZIS ZIMMER. NACHT.

Noch lange habe ich sein perplexes Gesicht vor Augen.

Ich kann nicht einschlafen, versuche, die Gedanken in meinem Kopf zu sortieren.

Timmi hat mich zutiefst gekränkt, das steht fest, und dieser Paul schmeichelt mir – das steht ebenfalls fest. Aber will ich deshalb gleich was von ihm? Er ist mir fremd, sogar ein bisschen unheimlich. Ein Mann-Junge mit rasiertem Körper…

Vielleicht ist es nicht fair, wenn ich mich ersatzweise von ihm anhimmeln lasse. Nur weil Timmi ein Idiot ist, und weil ich einen Typ brauche, der mich klasse findet.

STRASSE. MORGEN.

„Das wird nichts mit dem“, sagt Elfi.

Wir gehen die Hofallee runter Richtung Schule. Vorbei an maroden Häusern, ich kicke eine Getränkeverpackung vor mir her.

„Wenn man nicht vom ersten Moment hin und weg ist, dann kannst du dich noch so abrackern, da wird nie was draus.“

„Ist doch Quatsch! Es gibt nicht nur Liebe auf den ersten Blick!“

Keine Ahnung, warum ich auf einmal so sauer bin. Elfi hat mir doch nichts getan!

„Aussage gegen Aussage.“ Elfi hakt mich unter. „Wenn ich mich verliebe, dann passiert das jedenfalls immer Knall auf Fall.“

„Hm.“

Ich sage besser nichts, erinnere mich nur daran, wie es bei Timmi war. Den habe ich gesehen, und schon war's passiert. Rattatazong hat es irgendwo in der Magengegend gemacht, und schwups war er in meinem Herzen.

Und bei Paul? Klar, ich fand ihn nett, aber nix von wegen Herzflattern oder so…

„Meine Eltern waren damals erst monatelang gute Freunde, bevor sie sich ineinander verliebt haben“, sage ich trotzig.

Elfi lässt einen schrillen Pfeiflaut durch die Zähne. „Hast du mich nun nach meiner Meinung gefragt, oder nicht? Außerdem hab ich nie behauptet, dass es nicht auch Ausnahmen gibt.“ Sie legt einen Zahn zu. „Mach doch, was du willst!“

„He! Warte!“ Ich düse ihr nach. „Fragst du mal Ille? Die kennt sich doch bei Schwimmern aus.“

„Wenn du meinst, dass du davon ’ne Erleuchtung kriegst…“

„Danke!“ Ich drücke Elfi einen Schmatzer auf die Wange, dann hake ich mich bei ihr unter. Je näher wir der Schule kommen, desto mulmiger wird mir zumute. Mit Timmi den ganzen Tag in ein- und demselben Klassenraum eingesperrt zu sein – wie soll ich das nur aushalten?

KLASSENZIMMER. VORMITTAG.

Timmi ist Luft für mich. Jubel! Nie hätte ich gedacht, dass Timmi einfach unsichtbar sein kann!

FRANZIS ZIMMER. ABEND.

Elfi ruft an.

„Hast du was rausbekommen?“, frage ich atemlos in den Hörer.

„Ja. Das heißt, nein.“

„Was denn nun?“

„Ille kennt keinen Paul.“

„Wieso? Wenn er aber doch in der Nationalmannschaft schwimmt…“

„Bist du taub? Ille hat mir gesagt, sie kennt keinen Paul!“

„Das glaub ich nicht.“

„Mensch!“ Elfi klingt reichlich unwirsch. „Ich gebe nur ihre Infos weiter, okay?“

„Vielleicht ist er eben noch nicht so lange dabei“, sage ich mehr zu mir selbst.

„Dann frag nicht mich, sondern ihn! Kann ich jetzt weiter fernsehen?"

„Tu dir keinen Zwang an …"

Elfi legt auf; ich rette mich in mein Bett.

Merkwürdig, diese Sache mit Paul … Und noch merkwürdiger, dass er ständig in meinem Kopf herumgeistert.

SCHULE. VORMITTAG.

Kein Paul weit und breit. Und das schon seit drei Tagen. Manchmal überlege ich, ob er vielleicht nur eine Fata Morgana war. Dann eben nicht. Bin ich etwa auf ihn angewiesen?

Trotzdem gucke ich mich in der Pause unauffällig um. Wenn er auf der anderen Seite der Aula vorbeispaziert, würde ich ihn sofort bemerken – bei seiner Länge!

Elfi und Sophia hocken vor mir auf dem Mauervorsprung. Sophia hat irrsinnig blaue Augen, was sie ihrer Meinung nach dazu befähigt, Videojockey bei MTV in London zu werden.

„Bei deinem miserablen Englisch?", wage ich einzuwerfen.

„Wenn ich erst mal in London bin, geht das ruckzuck mit der Sprache."

„Jaja, träum, träum …"

Selbst Elfi fängt jetzt an zu kichern. Manchmal frage ich mich, wieso manche Menschen nur mit so einem unerschütterlichen Selbstbewusstsein durch die Gegend laufen. Ob sie sich aus Frust über ihr stinknormales Leben in solche Träumereien verrennen und dabei wirklich glauben, was sie sagen? Ich bin da eher realistisch. Äpfel fallen vom Baum, wenn sie überreif sind und nicht etwa, weil sie mit Gold gefüllt wären. Und wenn Timmi mit Rentnerinnen schläft, dann weiß ich genau, dass bei uns nicht mehr von großer Liebe die Rede sein kann.

„Einmal Madonna interviewen!", spinnt Sophia weiter vor sich hin. „Das wär was!"

„Beim Sender musst du professionell arbeiten. Da reicht es nicht aus, einen Popstar anzuschwärmen!"

Ich werfe meinen Apfelgriebs in den nächsten Mülleimer und dampfe ab. Vielleicht kriege ich meine Tage, dass ich so grantig bin.

Vorm Klassenzimmer steht Timmi. Zufall oder Absicht? Oh Shit! Mein Herz pocht irgendwo in den Kniekehlen, während gleichzeitig eine unglaubliche Wut in mir aufsteigt. Dass er mich nicht in Ruhe lassen kann, dass er immer wieder den Finger auf die Wunde legen muss!

„Können wir nicht mal reden?", fragt Timmi jetzt mit Mickey-Mouse-Stimme.

„Worüber denn? Über deine Sex-Erfahrungen?" Es ist mir egal, dass laufend Leute aus unserer Klasse vorbeikommen.

„Franzi, ich ..., ich bin ..."

„Richtig erkannt! Du bist ein Idiot!", vervollständige ich den Satz und gehe an ihm vorbei in die Klasse.

Zu gerne würde ich wissen, was schlimmer ist: Die Wut im Bauch oder die Demütigung im Kopf.

HAUSEINGANG. FRÜHER NACHMITTAG.

Eine vertrocknete Rose steckt in unserem Briefkasten. Ich ziehe sie raus, öffne die Klappe und hole neben ein paar Werbesendungen eine altmodische Rosen-Postkarte raus. Die Rückseite ist mit schwarzer Tinte beschrieben, eine steile, kleine Handschrift:

> Ich heiße zwar Paul – bin aber nicht faul – und schreibe
> Dir nun – das Lied vom Huhn.

Ist der jetzt völlig durchgedreht? Zwar fühle ich mich ziemlich gebauchpinselt, dass er tatsächlich meinen Nachnamen rausgekriegt hat und extra vorbeigekommen ist, andererseits zweifle ich ernsthaft an seinem Verstand. Soll das witzig sein – das Lied vom Huhn? Und wieso geht er nicht zur Schule, läuft stattdessen durch die Gegend und verteilt vertrocknete Rosen?

FRANZIS ZIMMER. NACHT.

Ich fühle mich komisch. Blub macht es in meinem Bauch, blub und nochmal blub …

Was vorhin passiert ist: Ein Anruf für mich, abends um halb zehn. Das kann nur Elfi sein, hab ich gedacht, wahrscheinlich hat sie wieder mal verpennt, was wir in Mathe aufhaben.

Ein Rauschen in der Leitung, eine Stimme, die tausende von Kilometern entfernt klingt.

„Paul. Paul!"

„Ach … Hi."

Mir ist auf einmal schlecht, als hätte ich fünf Packungen Chips in einem Rutsch gegessen.

„Hallo, Franzi!"

„Wo steckst du denn?"

„… Barcelona …" Das ist das einzige, was ich richtig deutlich verstehe.

„Wieso denn? Was machst du da?"

„… Schwimmtraining …"

Eine Pause entsteht, und als ich nachfrage, was für ein Training das denn sei, das man unbedingt in Barcelona absolvieren müsse, wird das Rauschen in der Leitung immer stärker.

„… wollte dich nur grüßen …"

„Ach so. Und danke übrigens für die … Sachen." Der kalte Schweiß steht mir im Nacken.

„Hast du's bekommen? Ich hab meinen Freund Maiki beauftragt …"

„Ach, so. Super …"

Rausch, rausch. „…wollte dich treffen."

„Wann? Ich weiß nicht, ob …"

„Bin übermorgen wieder zurück", unterbricht mich Paul.

„Ja, gut", sage ich spontan. Erst hinterher wird mir klar, worauf ich mich da eigentlich einlasse.

„In der Laterna Magica? Fünfzehn Uhr?"

Da bricht die Verbindung ab; ich stehe mit tutendem Hörer da.

Großer Mist! Ich habe seine Nummer nicht, um ihn in ein anderes Café zu bestellen. Was, wenn Timmi auch da ist und mit seiner Tussi rumflirtet?

STRASSE. LATERNA MAGICA. NACHMITTAG.

Ich trage nur Jeans und Sweatshirt – bloß nicht auffallen. Alles soll ganz normal aussehen. Nicht dass er glaubt, ich hätte mich extra für ihn in Schale geworfen.

Fünf nach drei. Eine Dame von Welt kommt besser zu spät. Mir ist flau im Magen, entsetzlich flau.

Erhobenen Kopfes spaziere ich dann ins Café und tue so, als ob mir der Rest der Welt absolut egal wäre. Glücklicherweise entdecke ich Paul sofort. Eine Bohnenstange zwischen all den Schülern, grinsend und ziemlich karottenorange im Gesicht.

„Barcelona-Bräune?", begrüße ich ihn.

Er nickt und wird rot. „War super Wetter." Und als ob ich ihm nicht glauben könnte, fügt er ein „Echt!" hinzu.

Während ich etwas umständlich meine Jacke ausziehe, schaue ich mich verstohlen um. Timmi ist nicht da, hinter der Theke steht ein hübsches Mädchen, groß und schlank mit auffallend glänzenden Haaren. Bestimmt ist sie es, die berühmt-berüchtige Rentnerin. Schön zu wissen, dass Timmi zumindest nicht unter Geschmacksverirrung leidet.

„Was möchtest du trinken?"

„Heiße Schokolade."

Gentlemanlike winkt Paul die Timmi-Tussi an unseren Tisch – ich bin ganz cool, hab keine andere Wahl, aber als sie direkt vor mir steht und ich auf ihre tollen langen Beine starre, wird mir doch ganz anders.

„Zweimal heiße Schokolade", sagt Paul. Und zu mir: „Kuchen?"

Ich schüttele den Kopf. Wie stellt er sich das vor? Dass ich mit meinem wie zusammengeschnürten Magen was runterkriege? Wenn ich wollte, könnte ich der Kuh jetzt ein paar Haare ausreißen oder sie einmal kräftig zwicken, aber was soll's – eigentlich kann sie am wenigsten was für die ganze Sache. Als sie wieder abzwitschert, frage ich Paul, ob sein Schwimmtraining denn auch erfolgreich war.

„Ja ... Ja ..., schon." Er stottert wie ein kaputter Motor.

„Was war das eigentlich für ein Training?"

„Vorbereitung für die Deutschen Meisterschaften Ende März."

„Warum ausgerechnet in Barcelona?"

„Da gibt es ... weißt du ... einen ganz phantastischen Trainer!" Paul beugt sich leicht vor und sieht mich an, ohne die Miene zu verziehen. Immerhin hat er heute sein Kinn sorgfältiger als beim letzten Mal rasiert.

Ich nicke nur. Eigentlich interessiert mich das alles nicht die Bohne.

„Hast du dir auch die Stadt angesehen?", frage ich roboterhaft weiter.

„Kaum."

Schon kommt die Timmi-Tussi mit der heißen Schokolade anmarschiert. Diesmal schaue ich sie mir genauer an. Ein paar Pickel hat sie auf der Stirn, aber ihre Augen sind schön. Dunkelbraun und mit langen, schwarzen Wimpern. Ich starre und starre, und plötzlich kommt es mir vor, als ob sie irgendwie feindselig zurückguckt. Was für ein Blödsinn! Schließlich kann sie gar nicht wissen, wer ich bin.

„Morgens drei Stunden Training", höre ich Paul palavern, „nachmittags nochmal, und abends fällst du wie ein Stein ins Bett und denkst nicht daran, dass du in einer europäischen Metropole bist und tausend Sachen unternehmen könntest."

„Wart ihr nicht mal auf der Rambla?"

Ich kenne mich auch ein bisschen in Barcelona aus, bin einmal in den Ferien mit meinen Eltern hingefahren.

„Doch, klar. In der Sonne sitzen und Kaffee schlürfen…"

Mit diesen Worten erstirbt unsere Unterhaltung jäh. Paul rührt in seiner Schokolade, und ich überlege, was ich ihn noch zu seiner legendären Barcelona-Reise fragen könnte. Eine ziemlich aussichtslose Angelegenheit. Ich verstehe nichts vom Schwimmen und er hat nichts von der Stadt gesehen.

Die Schokolade schmeckt viel zu süß. Als wollte uns hier jemand vergiften. Ich sehe Paul an, aber der trinkt sie, ohne mit der Wimper zu zucken. Endlich fällt mir die rettende Frage ein:

„Wie hast du eigentlich rausgefunden, wo ich wohne?"

Paul lächelt, wirkt von einem Moment zum anderen entspannt und fröhlich. „War nicht weiter schwer!" Er macht ein ziemlich geheimnisvolles Gesicht.

Aha, jetzt kommt sie, die Rate-mal-Masche.

„Okay. Du bist die Fassade hochgeklettert und hast in jedes einzelne Fenster gelinst", sage ich trocken. Dass er darüber auch noch lachen kann, lässt mich gleich wieder ein paar Punkte auf seiner Sympathieskala abziehen.

„Ich habe die Nachbarn gefragt!" Er klingt triumphierend. Wahrscheinlich glaubt er, dass er etwas wirklich Großartiges geleistet hat.

„Aha", murmele ich nur und nehme mir vor, mal ein Wörtchen mit den herzallerliebsten Nachbarn zu reden. Wenn die immer so schnell mit intimen Details rausrücken!

Dann passiert etwas Schreckliches. Dieses unfassbar Fürchterliche, von dem ich gehofft hatte, dass es auf keinen Fall eintreten würde! Timmi kommt ins Café gelatscht, er guckt nicht links und rechts, sondern steuert gleich den Tisch hinten in der Ecke an.

Ich möchte nicht hier sein, von mir aus an jedem anderen Ort der Welt, aber nicht in der Laterna Magica! Was, wenn mir das Herz rausploppt und ihm direkt vor die Füße kollert?

Paul ist bereits wieder bei seinem Schwimmkram. Und ich fasse einen Entschluß. Wenn schon, denn schon…

„Dann zeig mir doch mal deine rasierten Dings-da-bumse“, sage ich fies lächelnd und deute auf seine Arme.

Zu meiner großen Überraschung schiebt Paul ohne zu fackeln seinen Ärmel hoch, und gerade, als ich die pieksige Haut anfasse, schaut Timmi rüber. Ha! Es ist nur ein ganz kurzer Moment, und ich kann es eigentlich auch nur aus den Augenwinkeln sehen, aber es reicht, um mir das bombastische Gefühl von Genugtuung zu geben.

„Fühlt sich komisch an“, sage ich und übe Tiefseetauchen in Pauls Augen.

Pauls Gesicht färbt sich schweinchenrosa: „Nach den Deutschen Meisterschaften lasse ich mir die Haare wieder wachsen. Geht ganz schnell, und dann piekst es auch nicht mehr.“

„Dauert die Rasiererei nicht Stunden?“

Paul legt noch eine Nuance an Röte zu. Keine Ahnung, was mit dem los ist. Verklemmt bis zum Gehtnichtmehr. Und weil ich so ein netter Mensch bin, schaue ich weg. Vielleicht kriegt er sich dann schneller wieder ein.

Doch das war keine gute Idee. Leider gucke ich nämlich ausgerechnet in die falsche Richtung. Während Paul mir seine Rasiertechnik in jeder winzigen Einzelheit erklärt (Rasierschaum, Einwegklinge, ganz langsam über die Haut ziehen…), muss ich mitansehen, wie diese Glanzhaartussi tatsächlich an Timmis Tisch steht. Beide stecken sie ihre Nase in ein Buch, sie lachen laut, und mir wird so speiübel, dass ich es keine Sekunde länger in diesem Schuppen aushalte. Kurzentschlossen schnappe ich mir meine Jacke und renne raus. Paul ist mir plötzlich vollkommen egal.

FRANZIS ZIMMER. NACHMITTAG.

Keine halbe Stunde später geht das Telefon. Warum ich denn so plötzlich abgehauen sei.

„Mir war schlecht. Sorry."

„Du Arme!"

Pause. Pause. Pause.

Warum mache ich das eigentlich alles mit? Timmi, der mich so mies hintergeht, Paul, der es trotz seiner Unsicherheit schafft, in einer Tour von sich zu reden … Jungs sind manchmal ganz schöne Egoisten.

„Geht's jetzt besser?"

„Ja. Schon."

„Lust auf Kino?"

Ich schweige hartnäckig.

„… oder auf den Mount Everest?"

Jetzt muss ich lachen, sage aber immer noch nichts.

„Wir treffen uns in einer halben Stunde im Thermalbad, einverstanden?"

„Waaas?"

„Na, los! Komm!" Paul hört sich auf einmal total aufgekratzt an.

„Also gut."

Als ich fünf Minuten später mit Badetasche das Haus verlasse, frage ich mich ernsthaft, ob ich noch zu retten bin.

THERMALBAD. NACHMITTAG.

Eine Hand schießt so schnell aus dem Wasser, dass ein paar Tropfen auf meinem noch trockenen Badeanzug landen.

Ich gehe in die Hocke und lasse mich ins Becken gleiten. Das Wasser ist badewannenwarm. Dann taucht Paul direkt an meiner Seite auf. Mit nassen Haaren sieht er so ganz anders aus. Wassertropfen hängen ihm wie Tau in den schwarzen Wimpern.

„Schön warm, was?" Seine Stimme klingt heiser.

„Ja, toll warm!" Was soll man auch anderes sagen, wenn man plötzlich fast nackt neben einem Jungen im Wasser steht, der mit Sicherheit nichts dagegen hätte, wenn aus dem *fast* ein *ganz* würde? Aus lauter Verlegenheit tauche ich schnell unter und schwimme ein paar Meter. Paul kommt blitzschnell nach, überholt mich und ist vor mir an dem dicken Wasserstrahl, der in einer Ecke des Beckens aus einem Löwenkopf geschossen kommt. Er hält seinen Rücken seitlich gegen das prasselnde Wasser und lacht. Blendend weiße Zähne hat er.

„Willst' auch mal?"

„Ja."

Paul macht mir Platz, aber die Strömung rund um den kleinen Wasserfall ist so stark, dass ich es nicht schaffe, hinzupaddeln.

Plötzlich habe ich Pauls Hand an meinem Rücken. Erst will ich protestieren, aber dann merke ich, dass er mir nur helfen möchte. Schon peitscht das Wasser auf meinen Rücken, es tut ziemlich weh, also schwimme ich zurück zum Beckenrand und stemme mich hoch.

„Franzi!" Paul ist in zwei Zügen da. Er hockt sich neben mich und zieht die Beine an. Eigentlich sieht er für einen Leistungsschwimmer ziemlich mickrig aus – so ganz ohne Muskeln. Ich schiele auf seine Brust, wo kleine dunkle Stoppeln auf gelblicher Haut sprießen.

„Schwimmst du nicht gerne?", fragt er.

„Erinnerst du dich nicht…?" Und grinsend füge ich hinzu: „Wasserfrauen mögen nun mal kein Wasser!"

Paul grinst jetzt auch. Zwar etwas irritiert, aber immerhin guckt er nicht wieder so beleidigt. Mir ist schon klar, dass ich mich nicht gerade wie ein braves Mädchen benehme, das alles schluckt. Und so soll es auch sein: Schließlich bin ich nicht irgendwer! Ganz abgesehen davon, dass ich mir nicht mehr das Herz rausreißen lasse.

„Möchtest du lieber gehen?"

Ich nicke, stehe auf und verschwinde in der Dusche. Armer Paul! Wahrscheinlich hat er gedacht, mit dem Thermalbad kann er gar nicht falsch liegen – und jetzt das!

Lange lasse ich das warme Wasser über meinen Körper rinnen, ich stehe einfach da und schalte meine Gedanken ab. Erst sehr viel später ziehe ich mich an, trödele dann stundenlang beim Fön rum. Wenn er noch da ist, lade ich ihn auf ein Glas ein. Das hat er verdient.

Er *ist* noch da. „Komm", sagt er.

„Wohin?"

„Ins Kino."

KINO. FRÜHER ABEND.

Ich sitze lieber vorne. Dort, wo nicht alle sitzen. Ich mag nicht gerne mit dem Strom schwimmen. Timmi hat das immer albern gefunden und mich als P.-M., seine Pubertär-Maus, bezeichnet. Es sei nun mal Tatsache, dass man hinten viel besser gucken könne, weil man sich dort nicht den Hals verrenken müsse.

Egal. Ich sitze trotzdem vorne, und dass Paul ohne mit der Wimper zu zucken mitspielt, macht ihn mir um einiges sympathischer. Er ist sowieso ein netter Kerl, und wer weiß – vielleicht könnte ich mich eines Tages doch in ihn verlieben.

Mit dem Film ist das allerdings so eine Sache. Erst plätschert er nur so dahin, dann entwickelt er sich plötzlich zu einem knallharten Action-Krimi. Wenn ich das gewusst hätte! Ich kann solche Filme einfach nicht ausstehen. Wenn massenhaft Autos in der Luft explodieren, okay, da sieht man einen Feuerball und fertig, aber wenn sich die Typen gegenseitig die Finger abhacken oder Gehirne duch die Gegend spritzen, dann mach ich nicht mehr mit. Diesmal ist es ein Ohr, das in einem Garten liegt und von Würmern zerfressen wird. Statt weiter auf die Leinwand zu gucken, verstecke ich meinen Kopf an Pauls Schulter. Ein schwacher Aftershavegeruch steigt mir in die Nase.

Paul nimmt meine Hand und flüstert mir etwas zu, was ich jedoch nicht verstehe. Gleichzeitig signalisiert die Kinomusik, dass gleich etwas noch viel Schrecklicheres passiert, also lasse ich meinen Kopf an Pauls Jacke und schnuppere weiter an ihm herum.

„Wenn du lieber gehen willst…", meldet sich Paul nach einer Weile. „Ist auch okay…"

„Nee, nee." Bloß nicht schon wieder Spielverderberin sein. Mit einem Ruck setze ich mich aufrecht und schaue tapfer nach vorne. Gerade fahren zwei Polizisten ganz normal durch eine ganz normal schöne Herbstlandschaft. Na, also. Es geht doch!

Außerdem hält Paul ja immer noch meine Hand und kitzelt zart meine Fingerkuppen, was ich wirklich süß von ihm finde. Wenn man sich mal so umhört – zärtliche Jungs scheinen ja eher die Ausnahme zu sein…

PARK. ABEND.

Nach so einem Film durch einen düsteren Park zu laufen, finde ich ziemlich gruselig, aber mit Paul an meiner Seite ist es okay. Ganz abgesehen davon, dass er mir ein bisschen dabei hilft, Timmi zu vergessen…

Paul redet über Dinge, die ich normalerweise gerne verdränge. Tod und Wiedergeburt. Irgendwie spricht er davon, als wären es ganz alltägliche Themen, die man am besten in der Disko oder eben mal so nach dem Zähneputzen diskutiert. Ziemlich merkwürdig…

Jedenfalls meint Paul, dass er wiedergeboren wird, hundertprozentig, sonst würde das Leben doch keinen Sinn machen. Ich weiß nicht…, bisher habe ich immer geglaubt, nach diesem Leben ist alles vorbei, aber der Gedanke erscheint mir zu banal, um ihn Paul zu erzählen.

Der kommt jetzt auf seinen Onkel Herbert zu sprechen, der im Sommer letzten Jahres an Krebs gestorben ist.

„Zum Schluss war er total gelassen… Wahrscheinlich wartete da schon jemand wahnsinnig Nettes an seinem Bett, um ihn abzuholen.“ Paul holt tief Luft. „Als er dann starb, hat er gelächelt, ich meine …, es muss doch irgendwie weitergehen!“

„Und wie? Glaubst du, du kommst als Schnecke oder als Papst wieder auf die Welt?“ Doof – aber immer, wenn ich unsicher bin, ziehe ich die Dinge ins Lächerliche.

„Ich weiß es nicht. Aber deine Materie geht ja nicht verloren. Selbst wenn du verbrannt wirst, bleibt da Asche, und die geht wieder in den Kreislauf der Natur über.“

Ich drücke mich enger an Paul. Irgendwie wird mir ganz gruselig zumute, und während wir an Bäumen vorbeistreifen, die unheimliche und riesige Schatten über die Wiese werfen, stelle ich mir vor, dass überall die Materie von Verstorbenen rumliegt. Alles tot. Oder alles lebendig?

„Komm, lass uns über was anderes reden!“ Paul hebt mich unvermittelt hoch und wirbelt mich einmal um seine Achse. Dann setzt er mich wieder ab, zieht mich an sich und küsst mich, und während es geschieht, muß ich dummerweise an die Spuckekrümel in seinen Mundwinkeln denken.

Paul oder Nicht-Paul – drei ganz dicke Fragezeichen.

GRUBERS KÜCHE. MORGEN.

Samstag. Kaffeetrinken. Pauls Küsse wirken noch nach. Waren sie schön? Vielleicht. Ich weiß es nicht.

Mutti hat Brötchen geholt, Vati Eier gekocht und etliche Käsesorten auf einem Holzbrett drapiert. Irgendwie kriege ich nichts runter, trinke nur Kaffee und schaue in die Zeitung.

Die Politik überfliege ich, beim Lokalteil halte ich mich etwas länger auf und Sport … Eigentlich finde ich den Sportteil sterbenslangweilig, aber seit ich einen gewissen Paul kenne, also … Zumindest kann man ja einen kurzen Blick drauf werfen, es wäre ja möglich, dass mal was über ihn drinsteht.

Ein bisschen lese ich hier, ein bisschen dort und dann … Unmöglich … Ich kann es nicht glauben! Buchstaben, die eindeutig einen Sinn ergeben, und doch will ich sie nicht verstehen. „... der am Freitag zu Ende gehenden Deutschen Meisterschaften ...“ – irgendetwas hakt bei mir aus. Erst denke ich, dass Paul da was verwechselt hat, aber nein ... Der Kerl hat mich von vorne bis hinten belogen, beschupst hat er mich, nie wieder will ich mit solchen Typen zu tun haben! Ich bin auf einmal so unglaublich wütend, dass ich einfach mein Käsebrot vom Tisch fege. Mir doch egal, was Mutti und Vati dazu sagen.

Zwei Sekunden später hänge ich am Telefon. Pauls verschlafene Stimme.

„Schön, dass du anrufst. Gerade hab ich von dir geträumt.“

„Ich auch von dir, stell dir vor!“, sage ich cool. „Und weißt du, was? Du warst überhaupt nicht in Barcelona und du schwimmst auch nicht. Ach, übrigens 'n kleiner Tipp: Wenn du schon lügen musst, dann recherchier vorher wenigstens ordentlich!“

Danach lege ich auf.

PAUL und AGATHA

PAULS ZIMMER. FRÜHER ABEND.

„Zwei Jahre! Die wirst du wohl gerade noch durchhalten!"

Vater brüllt. Er hat ein lilarotes Gesicht. Ich stelle meine Ohren auf Durchzug. Kann das nicht mehr hören. Abi, Abi, Abi – so what! Es muss doch noch Menschen auf der Welt geben, die auch ohne Abizeugnis nicht gleich als asozial eingestuft werden.

„Hörst du mir überhaupt zu?", pöbelt Vater weiter.

„Ich hab dir immer zugehört, aber wenn Zuhören bedeutet, dass ich deine Meinung annehme, dann hast du dich geschnitten!"

„Was willst du denn überhaupt anfangen – ohne vernünftigen Schulabschluss?"

„Kochlehre, Dekorateur – was weiß ich?"

„Dekorateur! Koch!"

Vater sagt es so verächtlich, als seien alle Nicht-Akademiker Versager. „Das machen doch nur Schwuchteln", meint er dann allen Ernstes.

Schublade auf, raus mit dem Vorurteil, Schublade zu.

„Köche sind genial und Dekorateure kreativ!", schreie ich ihn an. Wenn wir schon mal dabei sind, unsere Vorurteile zu kultivieren. Okay – ich bestehe ja nicht unbedingt darauf, von mir aus könnte es auch ein anderer Lehrberuf sein, aber dieses ständige Rumgezeter macht mich noch ganz verrückt. Ich brauche Zeit. Muss mich einfach mal 'ne Stunde ruhig hinsetzen und darüber nachdenken, was ich eigentlich will. Ich weiß nur, was ich nicht will und das ist, weiter in die Penne zu gehen. Nicht dass ich grundsätzlich was gegen das Abi habe – vielleicht hätte ich diesen Wisch sogar ganz gerne in der Tasche –, aber ich packe das einfach nicht! Ich halte es nicht mehr aus, im Unterricht zu hocken, nichts zu kapieren und mich ständig zu blamieren. Allein schon die Vorstellung, der Lehrer könnte mich gleich drannehmen, macht mich fertig: Sein Blick gleitet über die Klasse, er schaut in jedes einzelne Gesicht, und dabei ahne ich, dass er es von mir wissen will, von *mir!*, denn er sieht mir an der Nasenspitze an, dass ich von Tuten und Blasen keine Ahnung habe. Grauenhaft! Was regst du dich auf?, meint Bert nur dazu. Ihm geht es ähnlich wie mir, aber er schert sich nicht weiter darum und fühlt sich auch nicht gleich als Versager. Sein Motto ist „Fun haben", und da in unserer Schule viele Mädchen herumlaufen, taucht er jeden Morgen brav wieder auf.

Vater hat jetzt genug.

„Du weißt ja, wie schwierig es heutzutage ist, ohne Abi eine Lehrstelle zu kriegen!", sagt er abschließend, geht aus dem Zimmer und knallt netterweise auch noch die Tür hinter sich zu. Na, bravo! Perfekter kann man sich nicht streiten.

Völlig ermattet werfe ich mich aufs Bett und verfolge den Lauf des Risses an der Decke. Mein Leben ist doch ein einziger Haufen Scheiße! Ich möchte weinen, aber es ist wie verhext, es geht nicht. Dabei würde ich einiges drum geben, endlich den ganzen Frust rauszulassen. Wenn schon nicht wegen Vater, dann wenigstens wegen Franzi. Und ich Idiot hab wirklich geglaubt, mit uns könnte es was werden...

Zwei Minuten später steht Vater schon wieder in meinem Zimmer. Er sieht geradezu erholt aus. Vielleicht hat er auch nur einen Schnaps gebechert.

„Weißt du überhaupt, warum ich so ein Theater mache?", fragt er, indem er seinen Mittelfinger auf die Nasenwurzel presst.

„Mir egal."

„Hör mal zu, Paulchen." Er hockt sich in seiner ausgebeulten Freizeitjeans zu mir aufs Bett und erzählt mir die herzzerreißende Geschichte von einem Jungen namens Johann, der in den Sechziger Jahren unbedingt KFZ-Mechaniker werden wollte, nur um alte Motorräder auf Vordermann zu bringen. Gegen den Willen der Eltern schmiss er die Schule, immer mit dem Kopf durch die Wand. „Das Resultat siehst du hier vor dir", beschließt er seine Story.

„Es ist doch völlig okay, KFZ-Mechaniker zu sein", sage ich und meine es auch so.

„Um mich herum sind sie alle Filialleiter und Akademiker. Siehst ja, wie die leben." Und leise fügt er hinzu: „Was für Autos die fahren …"

„Das ist allein dein Problem!", fahre ich Vater an. „Lease dir 'n Benz oder klau dir von mir aus einen. Wenn du glaubst, dass die Größe deiner Karre alles ist im Leben!"

Vater lehnt sich jetzt gegen meinen Klamottenschrank und knetet seine Hände. „Ich will dir damit nur sagen, dass du es später bereuen könntest. In deinem Alter hat man einfach noch nicht den Durchblick."

„*Du* hattest ihn vielleicht nicht, ich schon." Ich weiß, es ist der reinste Trotz, aber mich kriegen keine zehn Pferde mehr in die Schule. Never. Ganz abgesehen davon, dass mir Autos schnurzegal sind …

„Denk drüber nach. Und du weißt ja: Auf dem Arbeitsmarkt sieht es zur Zeit nicht gerade rosig aus."

„Es gibt auch noch so was wie zweiten Bildungsweg. Schon gehört?"

„Ach, glaubst du, es wird später leichter? Glaubst du wirklich, die Jobs hängen dann wie gebratene Tauben an den Bäumen?"

Damit ist Vater aus dem Zimmer. Ich gehe zum Fenster und merke, wie sich meine Augen langsam mit Tränen füllen.

PAULS ZIMMER. NACHT.

Shit, warum kann ich bloß nicht einschlafen? Ich wälze mich hin und her, mein Rücken schmerzt, meine Beine zucken, ich schaffe es einfach nicht, zur Ruhe zu kommen. Denke die ganze Zeit an Franzi. Auch wenn die anderen immer schneller, klüger und tougher sind – vielleicht hätte ich sogar eine Chance bei ihr gehabt.

Fünfzehn Jahr, blondes Haar…, jetzt werde ich auch noch sentimental. Franzi-sentimental. Wenn ich sie mit den Mädchen in meiner Jahrgangsstufe vergleiche! Das sind Giftschnallen, widerliche Hyänen. Irgendjemand muß sie total verletzt haben, dass sie so zynisch geworden sind und einen bei jeder Gelegenheit nur in die Pfanne hauen wollen. An keiner von denen werde ich mir die Zähne ausbeissen, dafür ist mir mein Gebiss zu schade!

Die Geschichte mit Dorothee damals hat mir gereicht. Wir treffen uns dann im Kino! Zuckersüße Stimme, und das Gift hatte sie gleich in Form ihres neuen Typen mitgebracht. Türsteher in einem angesagten Club, Typ Bulle in Edelkluft. Das ist Nick, das ist Paul, danke und auf Wiedersehen. Mädchen können einem doch manchmal echt gestohlen bleiben!

Ich drehe mich auf die andere Seite und presse mich an mein Kissen, als ob es Franzi wäre. Franzi, die meine rasierten Arme sehen wollte… Ich muss grinsen, obwohl ich allen Grund zum Heulen habe. Wie sie damals nach dem Schulfest die Straße entlanglief, ihr wippender Pferdeschwanz in der Dunkelheit…

…wenn ich sie jetzt laufen lasse, ist sie weg – alles vorbei. Ich schnappe mir meine Jacke und hetze aus der Schule. Sie ist noch in Sichtweite, ihre blonden Haare flattern im Wind. Ich lege an Tempo zu, fast verlässt mich wieder der Mut, doch dann rufe ich einfach ihren Namen.

„Fran-zi!"

Sie dreht sich um und schaut mich erschrocken an. Als wäre ich wirklich ein Gespenst oder so.

„Was willst du?“, herrscht sie mich an. Ihre Augen sind nur zwei Schlitze.

„Dich nach Hause bringen.“

Sie läuft einfach weiter, aber ich hefte mich an ihre Fersen. Keinem Mädchen macht es Spaß, ganz alleine durch die Nacht zu rennen, und wenn mich nicht alles täuscht, klingt ihre Stimme schon weicher. Ich weiß nicht, was mich da reitet, als ich ihr plötzlich anbiete, ihr beim nächsten Mal meine angeblich rasierten Arme zu zeigen.

Sie sieht mich an, lächelt. „Ein Mann, ein Wort?“

„Klar“, sage ich, und um meine Verlegenheit zu überspielen, frage ich sie, was sie denn als Gegenleistung bieten würde. Shit! Voll ins Fettnäpfen getreten! Franzi schweigt, guckt ziemlich ungnädig in der Gegend rum, und bevor sie noch abhaut, stelle ich ihr eine Frage – leider die erstbeste, die mir einfällt.

„Sammelst du irgendetwas?“ Ich glaube, ich bin total verrückt geworden!

„Nee. Aber du wahrscheinlich, oder?“

Darauf bin ich nicht vorbereitet: „Jazz-CDs und Fischbücher“, stammele ich und möchte am liebsten im Erdboden versinken.

Statt zu nicken oder wenigstens höflich „Ach, toll!“ oder so zu sagen, fängt sie jedoch nur blöd an zu gackern und läßt irgendeinen blöden Spruch ab. Mein ganzer Mut stürzt wie ein Kartenhaus zusammen. Das ist immer so: Wenn ich ein Mädchen gutfinde, vermassele ich alles, weil ich nur Blödsinn daherrede. Um zu retten, was zu retten ist, setze ich noch eins drauf und erkläre feierlich, dass mich Meerestiere schon seit meiner Kindheit interessieren.

„Find ich echt spannend“, sagt sie jetzt, aber ihrer Stimme nach zu urteilen meint sie eher das Gegenteil.

Worüber könnten wir sonst reden? Hätte ich bloß einen ganzen Themenkatalog in meinem Kopf! Aber mir fällt nur immer das gleiche ein: Schwimmen, Sport, Sport und Schwimmen … In meiner Verzweiflung frage ich sie, welche Hobbys sie hat, erwarte schon ihr ironisches Grinsen, doch sie bleibt ganz ernst und erzählt mir, dass sie gerne kocht. Klasse! Ein Mädchen, das gerne kocht und dem es auch nicht peinlich ist, das zuzugeben – wie süß sie ist! Am liebsten würde ich sie küssen, jetzt in diesem Moment, aber das geht ja schlecht, ich muss mich echt zusammennehmen.

„Was kochst du denn so?" Es kommt mir vor, als würde unsere Nachbarin A mit unserer Nachbarin B eine Unterhaltung führen.

„Ich experimentiere im Nudelbereich", sagt sie gestelzt und bleibt, während sie ihren Schlüssel rauskramt, vor einem Wohnblock stehen. Shit! Shit! Shit! Könnte ich nur die ganze Nacht mit ihr reden! Über Nudeln und Soßen, von mir aus auch über Kochtöpfe und spezielle Spaghettiauffülllöffel.

„Darf ich dich anrufen?", frage ich und weiß im gleichen Moment, wie bescheuert und devot das klingt.

„Von mir aus." Sie singt diese drei Wörter, die drei schönsten Wörter, die ich seit langem gehört habe.

Als sie die Haustür aufschließt, fällt mir ein, dass ich gar nicht ihren ganzen Namen kenne. „Wie heißt du mit Nachnamen?", rufe ich ihr nach, und bevor sie im Hausflur verschwindet, dreht sie sich noch einmal um: Das müsse ich schon selbst rauskriegen.

Ihr Lächeln! Es löst eine regelrechte Detonation in meinem Brustkorb aus, was zur Folge hat, dass sich meine Beine einfach nicht vom Fleck rühren wollen. Und das ist auch gut so. Ich stehe also eine Weile vorm Haus, und als im zweiten Stock links das Licht angeht, weiß ich Bescheid. Ein Blick auf die Türschilder, und die Sache ist gebongt …

Die nächsten Tage gehe ich nicht zur Schule. Ich lungere in der Stadt herum und bin einfach nur verliebt. Wenn ich verliebt bin, kann ich nicht nachdenken – das ist mein Problem. Ich könnte Franzi sofort anrufen, aber das wäre unklug. Soll sie ruhig ein bisschen schmoren, dann ist der Effekt umso größer!

Am dritten Tag *nach Franzi* stehe ich in der Dusche und schmiere meinen ganzen Körper mit Rasierschaum ein. Eine harte Sache, aber es muss sein. Vorsichtig fahre ich mit dem Einwegrasierer über Brust, Arme und Beine – au weia! Als ich fast fertig bin, säbele ich mir derart ins Schienbein, dass es wie verrückt zu bluten anfängt. Rasch stelle ich die Dusche an und schaue zu, wie das Seifenwasser als rosaroter Strudel im Abfluß verschwindet. Vielleicht ist es ein positives Zeichen. Ein Mädchen, dessentwegen Blut fließt, wird sich in mich verlieben müssen!

Die Rose. Plötzlich fällt mir die getrocknete Rose ein, die ich seit etwa einem Jahr in meiner Schreibtischschublade aufbewahre. Sie war mal für ein gewisses Mädchen bestimmt, aber dann hat es plötzlich Schluss gemacht … Jetzt soll Franzi sie kriegen. Zusammen mit einer romantischen Liebeserklärung. Ich setze mich an meinen Schreibtisch, aber mir fällt beim besten Willen nichts ein. Alles hört sich total geschwollen an, und wahrscheinlich würde sie so ein hingesülzter Schmachtfetzen auch nur abschrecken. Vielleicht was Lustiges? Ein Nonsens-Quatsch-Gedicht? *Ich heiße zwar Paul – bin aber nicht faul – und schreibe dir nun – das Lied vom Huhn.*

Das wird ihr gefallen. Garantiert hat sie Humor.

Ein ausgeklügelter Plan. Sie darf mich nicht sehen, wenn ich ihr die Rose und das Gedicht in den Briefkasten stecke. Also gehe ich früh morgens hin, es ist kaum sechs durch. Trotzdem zittern meine Beine, als ich vorm Haus stehe, schnell den Umschlag und die Rose in den Briefkasten, weg bin ich – Herzklopfen! Bloß keinen Fehler machen, damit die Sache nicht nach hinten losgeht. Die Barcelona-Reise ist das Tüpfelchen auf dem I und dabei so leicht inszeniert. Unser altes Telefon. Kurz umstöpseln – wenn ich Glück habe, rauscht es genauso wie früher …

Franzi ist da, Segen und Fluch zugleich, denn jetzt kommt es darauf an. Bloß cool bleiben und das, obwohl ich doppelt aufgeregt bin … Schon habe ich sie an der Strippe. Alles klappt wie am Schnürchen. Trainingslager, da wird sie nie hinterkommen … Ihre Stimme klingt auch für mich weit entfernt, ich kriege auf einmal eine wahnsinnige Sehnsucht, ihre helle Mädchenstimme …, und wenn ich an ihre Brüste denke, die sich nur ganz leicht unter ihrem Pullover abgezeichnet haben …

„In der Laterna Magica? Fünfzehn Uhr?" Schnell lege ich auf.

Tja! Kann schon mal passieren, dass die Verbindung einfach so gekappt wird. Gerade bei Telefonaten aus dem Ausland!

Franzi wird kommen. Sie hat keine andere Wahl. Rasch ein bisschen Selbstbräuner ins Gesicht – in Spanien scheint schließlich immer die Sonne, oder?

STADT. VORMITTAG.

Einfach nicht mehr an sie denken. Weil ich sie hasse. Wie alle anderen Mädchen auf dieser Welt!

Was bin ich eigentlich für ein Typ? Einer, der ganz okay ist? Eher mittelmäßig? Oder stehe ich ohne es zu wissen vielleicht doch ganz oben auf der Beliebtheits-Skala?

Ich bleibe vor einer Schaufensterscheibe stehen und sehe einen langen Kerl in schlabbrigen Jeans, den ich einigermaßen nett finde. Jetzt lächelt er mir verkrampft zu. Also – was heißt schon nett? Mädchen in die Jacke helfen, ihnen zuhören, sie nach Hause begleiten, die Cola zahlen, beim Petting Ausdauer haben – ist so was nett? Ich finde, ja. Und die Sache mit Barcelona war eigentlich auch nur nett gemeint. Bloß ein kleiner Trick, damit wir schneller zusammenkommen – auch wenn's leider nicht so ganz hingehauen hat.

„Mensch, Alter!"

Auf einmal habe ich so eine Mordspranke auf meiner Schulter. Ich drehe mich um. Big surprise.

„Freddie! Was machst du denn hier?"

„Meine Schwester besuchen. Hab grad frei."

Freddie kenne ich noch aus der Grundschule. Ein klasse Typ. Nach der sechsten ist er leider auf die Realschule gegangen – aus den Augen, aus dem Sinn. Ziemlich cool sieht er aus. Dreitage-Bart und rabenschwarze Klamotten. Außerdem ist er ziemlich groß und bullig geworden. Ein Wunder, dass ich ihn überhaupt noch wiedererkannt habe.

Freddie hat schon immer viel geredet, aber jetzt brabbelt er wie der Teufel drauflos. Dass er grad 'ne Tischlerlehre mache und jeden Abend ins Fitnessstudio gehe. Außerdem habe er drei Freundinnen, eine fürs Bett, eine zum Quatschen und eine zum Ausgehen.

Was für ein Glückspilz! Ich wäre schon froh, wenn sich nur ein einziges Mädchen länger als einen Tag mit mir abgeben würde!

„Und du? Gehst noch zur Schule, was?"

Ich nicke und druckse etwas rum, erzähle Freddie schließlich von dem Theater mit meinem Vater und dass ich den ganzen Kram am liebsten schmeißen würde.

„Mensch, dich kann doch niemand zwingen, das Abi zu machen!"

„Mein Reden …"

„Dann geh einfach nicht mehr hin. Vielleicht hast du Glück, und sie feuern dich!"

„Schön wär's. Wird Zeit, dass ich endlich was Richtiges anfange." Dann lege ich los, erzähle Freddie von meinen Plänen. Endlich hört mal jemand zu, ohne mich gleich auszulachen oder anzuschreien.

„Koch ist doch super!" Freddie hat noch das gleiche Breitwand-Grinsen wie früher. Neu ist nur seine gepiercte Zunge.

Als wir uns trennen, ist mir eins klar: Ich werde mein Ding durchziehen, und nicht mal mein Vater kann mich daran hindern.

DIREKTORENZIMMER. VORMITTAG.

Hoffentlich laufe ich Franzi nicht über den Weg.

Zum Direktor Oelckers. Schweißhände, aber was soll's. Dann geht alles ruckzuck.

„Solange Sie nicht volljährig sind, brauchen wir für die Abmeldung die Unterschrift Ihrer Eltern."

„Ach, du Scheiße!"

Der Direx ist nett. Er lächelt, als ich das sage.

„Das Einzige, was ich Ihnen anbieten kann, ist ein Gespräch mit allen Beteiligten."

„Wer sind denn das – alle Beteiligten?", frage ich zaghaft.

„Sie natürlich, Ihre Eltern und ich. Wenn Sie mögen, auch Ihr Tutor."

„Große Scheiße!", entfährt es mir ein zweites Mal. Diesmal zum Glück etwas leiser. Wenn ich mir vorstelle, hier mit meinen Eltern zu sitzen, wird mir ganz schlecht. Vater ist doch so verbohrt, der wird sich selbst vom Direktor persönlich nichts sagen lassen.

„Also, was meinen Sie?"

„Na ja", lenke ich ein. „Wahrscheinlich hab ich keine andere Wahl."

„Das sehe ich auch so."

Der Direx steht auf, ist ungefähr anderthalb Köpfe kleiner als ich.

„Und vielleicht kommen Sie ja doch noch zu dem Schluß, dass Sie Ihr Abitur machen wollen."

Ich schüttele Oelckers Hand, die sich irgendwie vertrauensvoll anfühlt, und als ich rausgehen will, fügt er noch hinzu, dass sich mit einem guten Nachhilfeprogramm einiges nachholen lasse.

PAULS ZIMMER. NACHMITTAG.

Freddie hat mich angerufen und gefragt, ob ich Lust hätte, zu der Faschingsfete bei seiner Schwester zu kommen. Heute

Abend. Nett von ihm, aber ich weiß nicht, echt nicht... Irgendwie bin ich wegen Franzi nicht so richtig in Stimmung. Und dann ausgerechnet Fasching! Schon als Kind fand ich diese Verkleiderei nur lächerlich.

Draußen regnet es. Ich höre Wagner-Ouvertüren und will nicht an Franzi denken. Aber es haut nicht hin: Immer wieder sehe ich sie vor mir. Mensch! Was ich ihr alles erzählt habe! Von Onkel Herberts Tod zum Beispiel... und dann ihr langer, weicher Kuss... Fast wäre ich in ihrer Umarmung explodiert!

Die Tür wird aufgerissen. Vater meckert. Wie ich einfach hinter seinem Rücken zum Direktor hätte gehen können.

„Wieso denn nicht?", frage ich mit fester Stimme, obwohl ich merke, dass sich mein Selbstbewusstsein gerade mal wieder in Luft auflöst.

„Immer mußt du uns Probleme machen! Kannst du nicht wie alle anderen auch einfach ganz normal zur Schule gehen, und eines Tages zeigst du uns stolz dein Abizeugnis? Muß ja kein blendender Durchschnitt sein, Hauptsache, du hast dein Abi!" Eine dicke Ader tritt längs auf Vaters Stirn hervor. Ich schaue sie mir genau an, und während er weiter predigt und motzt, stelle ich mit vor, dass es einfach peng macht und mein Vater explodiert. Nicht aus Liebe, sondern vor Wut. Auf einmal fühle ich so etwas wie Schadenfreude, dass er beim Direx antanzen muß.

Dann geht Vater plötzlich raus. Das Wort *Versager* hängt noch in der Luft.

Okay. Bin ich eben ein Versager! Weil ich Mädchen vergraule, die ich liebe, weil ich's in der Schule nicht packe, und weil mein Vater auch ein Versager ist. So was vererbt sich eben. Schwächling! Flasche! Hampelmann!

Unten in Mamas Kleiderschrank liegt eine lilafarbene Faschingsperücke aus den siebziger Jahren. Ich schnappe sie mir, dazu meine Sonnenbrille, und verlasse die Wohnung. Bloß weg. Sonst ersticke ich noch.

FASCHINGSFETE. ABEND.

„Klar! Ich kenn dich noch!“ Tyra steht als Seeräuber verkleidet vor mir. Augenklappe und Ringel-T-Shirt, dazu trägt sie eine Pyjamahose. „Du warst doch auf dem Spielplatz immer der Typ, der seine Klappe nicht aufgekriegt hat.“

„Genau der“, sage ich angesäuert.

Tyra kichert wie verrückt, es war bestimmt nicht böse gemeint, aber ich kann einfach nicht mitlachen. Freddies jüngere Schwester. Schon früher hatte sie die Hosen an, und wenn es darum ging, sich auf Kosten der Schwächeren zu amüsieren, war sie immer zur Stelle.

„Schön, dass du gekommen bist.“ Sie zeigt auf einen Seeräuberknirps, der mit einem anderen Knirps auf einer Matratze herumturnt. „Das ist übrigens Leon, mein Neffe.“

„Ah ja.“ Was soll ich schon groß dazu sagen. Kleinkind ist Kleinkind.

„Amüsier dich gut. Bier steht auf dem Balkon.“

Damit taucht sie unter.

Ein Clown, eine Putzfrau, zwei Prinzessinnen oder Elfen, Bill Clinton – alles läuft und tanzt durcheinander. Ich ruckele an meiner lila Perücke herum und frage mich, was ich hier überhaupt zu suchen habe. Einen auf lustig machen, wo mein Leben in Trümmern liegt? Okay, immerhin wird es ein Gespräch zwischen meinen Eltern und dem Direx geben, vielleicht wird es sogar in meinem Sinne ausgehen, aber was ändert es daran, dass ich ein Nichts und Niemand bin?

Und weil ich mich so richtig mies fühle, genehmige ich mir erst mal ein Bier. Beim ersten Schluck habe ich das Gefühl, als würde ich in ein kühles Meer eintauchen. Der zweite Schluck schmeckt wie ein feuchter Kuss, und bei der zweiten Flasche ist es dann endlich soweit: der Anfang von tausend Versprechungen. Vergessen, dass ich eigentlich nichts vertrage ...

Ich schaue mich um: Ein paar hübsche Mädchen sind schon

da, aber eigentlich interessiert mich keine. Franzi war etwas Besonderes. Nicht einfach zu kriegen und zu durchschauen sowieso nicht. Aber sie war klug und hübsch und … ach, shit!

Die Leute hier in ihren schrillen Kostümen kommen mir allesamt reichlich idiotisch vor. Oberflächlich und hohl, als würden sie eh nicht begreifen, worauf es im Leben ankommt. Fun haben, ja! Aber damit hat sich's auch schon.

Freddie turtelt mit einer seiner Freundinnen, einer kleinen rundlichen Dunkelhaarigen – mir wäre sie viel zu üppig. Vielleicht ist sie gut im Bett, so was soll es ja auch unter Mädchen geben, obwohl die meisten sich so anstellen, als gäbe es immer noch den Teufel und das Fegefeuer. Wahrscheinlich wäre Franzi auch so eine gewesen. Erst küsst man sich monatelang, und wenn man dann nur ein bisschen mehr rummachen will, bimmeln alle Alarmglocken gleichzeitig los. Nicht dass mir Sex besonders wichtig ist, aber es immer nur mit sich selbst zu machen, ist langfristig auch nicht der Hit. Jetzt ein Mädchen wie Franzi im Arm halten – das wär's …

Noch ein Bier. In meinem Kopf dreht sich alles, und dann tanze ich einfach drauflos. Fun haben, ja! Warum dürfen das eigentlich immer nur die anderen?

Irgendwie werden die Mädchen von Minute zu Minute hübscher, und ich habe den starken Verdacht, dass das nicht nur an der Beleuchtung liegt … Eine finde ich besonders klasse. Sie hat hellrote kurze Haare, die wie ein Pilz um ihren Kopf liegen, und sie trägt einen Matrosenanzug. Wie die tanzt! Absolut gekonnt. Schnell und zuckend, dann wieder schlängelnd und mit vielen Drehungen.

Als sie später mit einer Cola auf dem Sofa rumhängt, spreche ich sie einfach an.

„Hey, wie du tanzt – echt der Wahnsinn!"

„Ich tanze, wie's mir in den Kram passt", raunzt sie mich an. Komisch, ihre Reaktion. Trotzdem – immer schön am Ball bleiben!

„Sieht aber super aus."

„Danke."

Na, klar! Fühlt sie sich also doch geschmeichelt. Höflich, wie ich bin, stelle ich mich als Paul vor, sie heißt Agatha. Wir trinken zusammen eine Cola, reden über dies und das, und dann rückt sie mit der Sprache raus. Ob ich etwas zu kiffen dabeihätte.

Ich und kiffen?

„Nee", sage ich, aber vielleicht kann ich uns was besorgen. Die Braut will ich mir nicht durch die Lappen gehen lassen, sagt mir meine Bierlaune. Ich wundere mich nicht mal darüber, dass mein Jagdtrieb schon wieder erwacht ist. Okay, Franzi ist ein supersüßes Mädchen, aber auch nicht der Nabel der Welt…

Schon bin ich bei Freddie und frage ihn nach etwas Gras. Freddie boxt mich spaßhaft in den Bauch und sagt, Kiffen sei nicht so sein Ding. Dann gibt er mir zwei normale Zigaretten.

„Übrigens – an Agatha kannst du dir die Zähne ausbeißen. Die steht mehr auf Mädchen."

„Und wenn schon." Ich grinse ihn bestimmt reichlich dämlich an. „Du kennst doch meinen umwerfenden Charme."

„Klar, Paulemann! Wie damals in der ersten Klasse. Toi, toi, toi!"

Agatha sitzt total abgeschlafft auf dem Sofa. Sie ist inzwischen auf Bier umgestiegen, und als ich ihr eine der Zigaretten hinhalte, verdreht sie erst genervt die Augen, bevor sie sie dann doch nimmt. Gelangweilt kramt sie ein Feuerzeug aus ihrer Hosentasche, zündet erst ihre, dann meine Zigarette an. Shit! Eigentlich hasse ich Rauchen wie die Pest. Trotzdem inhaliere ich tief. Soll es ruhig noch ein bisschen mehr in meinem Kopf duseln. Ich schiele in Agathas Matrosenhemdausschnitt, wo ihre rosabraunen Brustwarzen zu sehen sind. Sieht verdammt gut aus! Ich werde den Teufel tun und ihr sagen, dass ihr Hemd wohl ein paar Nummern zu groß ist.

Während wir rauchen, brabbelt sie unverständliches Zeugs

daher. Schätze, dass sie auch schon mächtig einen im Kahn hat. In meinem Kopf ist mittlerweile verstärkter Seegang ausgebrochen. Ich strecke beide Beine weit von mir, lasse mich von Agathas Stimme berieseln und fühle mich total wohl. Auf einmal ist mir egal, was Vater sagt, egal, wie es weitergeht, selbst dass mit Franzi Schluß ist, interessiert mich nicht mehr.

Agatha ist wirklich klasse! Wie sie so lässig dasitzt, die Beine cool gespreizt, und in sich hineingrinst.

„Weißt du, was geil ist?", fragt sie plötzlich.

„Nee."

„Wenn du 'ne Freundin hast, die dir nicht wegrennt."

„Häh?"

„Oder andersrum: Wenn du ihr wegrennst, bevor sie es tut."

„Ist dir denn eine weggerannt?"

Agatha nickt und nuckelt an ihrer Bierflasche.

„Mir auch."

„Echt?" Sie kichert grell. „Dann sind wir ja zwei einsame Herzen!"

„Zwei einsame Herzen! Prost! Darauf trinken wir!"

Unsere Bierflaschen schlagen lautstark aneinander.

Freddie steht auf einmal vor uns. „Ihr Zwei solltet besser mit dem Gesaufe aufhören."

„Saufen ist geil", höre ich mich sagen, und Agatha kreischt los, er sei ja nur neidisch, selbst schuld, wenn er sich von seinem Pummelchen alles verbieten lasse.

Freddie geht kopfschüttelnd weg, und ich finde das Leben auf einmal ziemlich super. Super mit Agatha und der Bierflasche, an der ich mich so schön festhalten kann. Mann, bin ich scharf auf das Mädchen!

„Was hast du da eigentlich?" Agatha beugt sich zu mir rüber und inspiziert meine stoppeligen Handgelenke. Bist du 'n Transvestit?"

„Quatsch!" Ungeniert spechte ich schnell mal in ihren Ausschnitt. „Leistungsschwimmer. Da muss man sich eben rasieren."

„Ist ja irre! Hast du überall Stoppeln?"

„Klar!" Mensch, wenn die nicht auf mich abfährt, will ich Franzi heißen. Von wegen lesbisch! Die baggert mich an, wie es noch keine getan hat.

„Hast du noch zwei Zigarettchen?"

„Nee. Die waren von Freddie."

„Dann gehen wir jetzt raus zum nächsten Zigarettenautomaten." Agatha beugt sich noch weiter zu mir rüber. Wenn ich wollte, könnte ich ohne großen Aufwand an ihre Brüste langen.

„Ja, los!"

Die will mich wirklich, Yippie! Gleich verschwinden wir von dem Fest, und dann verführt sie mich in irgendeinem Hauseingang. Shit – leider zu kalt. Fieberhaft überlege ich, wo man sonst hingehen könnte, aber ich kenne mich in dieser Gegend überhaupt nicht aus. Was soll's. Sie wird's schon managen …

Ich stehe auf, merke aber, dass sich mein Kopf wie wild dagegen sträubt. Nur unter großen Mühen schaffe ich es, ganz normal einen Fuß vor den anderen zu setzen.

„Kann ich …?", frage ich und kralle mich an ihrem Arm fest.

„Klaro", sagt Agatha, und schon sind wir draußen.

STRASSE. NACHT

Erst als wir ein paar Meter durch die Gegend gewankt sind – Agatha torkelt genauso wie ich –, fällt mir auf, dass ich mich nicht mal von Freddie und Tyra verabschiedet habe.

„Lass uns zurückgehen", schlage ich vor.

„Bist du bekloppt?" Sie zieht mich weiter. „Jetzt holen wir uns erst Zigaretten."

Warum soll ich mich groß wehren? Ich bin einigermaßen angetrunken und scharf auf diese Matrosin, die so hundertpro zu wissen scheint, wo's langgeht.

„Was machst du eigentlich so?“, frage ich Agatha und bemühe mich, korrekt zu sprechen.

„Schule. Was sonst? Und viel Internet.“

„Echt?“

„Ja – *echt*. Und weißt du was? Macht *echt* Spaß.“

Ich nicke und überlege, ob ich nicht besser nach Hause fahren und mich aufs Ohr hauen soll. Irgendwie ist mir plötzlich grässlich schlecht. Ich reiße mich zusammen und frage Agatha, was sie später nach der Schule machen will.

„Erst ’ne Schneiderlehre und dann zum Theater. Kostümbildnerin.“

Wow. Ich finde Leute toll, die so klare Vorstellungen haben.

„Und du?“, gibt sie die Frage zurück.

„Pilot oder Politiker“, sage ich einfach so. Keine Ahnung, wie ich darauf komme.

„Polit oder Pilotiker!“ Agatha will sich totlachen. „Na, hoffentlich wirst du nicht korrupt. Da vorne ist ein Zigarettenautomat.“

Gentlemanlike krame ich Kleingeld aus meiner Hosentasche, zum Glück habe ich genug dabei.

„Welche Sorte willst du?“

„Egal. Hauptsache nicht light.“

„Okay.“ Ich drücke Camel. Das ist garantiert cool.

Mit zittrigen Fingern zündet Agatha sich eine an. Die kann’s wohl nicht eine Minute ohne Nikotin aushalten!

„Was nun?“, fragt Agatha und pustet sich ihren Pony aus dem Gesicht. Erst jetzt fällt mir auf, dass ihre Wimperntusche total verschmiert ist.

„Ich wohn in ’ner ganz anderen Ecke“, sage ich, als ob das eine Antwort auf ihre Frage wäre.

„Wir können schon zu mir nach Hause, aber ich hab nix da. Nur Leitungswasser.“

„Gibt’s hier keine Tankstelle?“, frage ich scheinheilig. Ich bei ihr in der Wohnung – was Besseres kann mir doch gar nicht passieren!

„Die Straße runter… Ich wohne hier links im ersten Haus. Nummer 34, erster Stock."

„Okay, dann hol ich schnell ein paar Bier und… Chips?"

„Super. Musst bei Schröder klingeln."

Ich renne los und wundere mich, dass meine Beine wieder funktionieren. Taumel und Übelkeit sind wie weggeblasen. Schröder… Nummer 34, erster Stock… Ob sie wirklich 'ne Wohnung für sich alleine hat? Das wär der Hammer! Aber würde sie mich für eine Bettnummer zu sich nach Hause bestellen, wenn ihre Eltern nebenan im Schlafzimmer liegen?

AGATHAS ZIMMER. NACHT

Eine Viertelstunde später stehe ich vor ihrem Haus, bin total außer Atem. Ich klingele einmal, zweimal – niemand öffnet. Wut steigt in mir hoch. Wenn sie mich nur linken wollte! Doch da geht der Summer, ich stoße die Tür auf und stiefele nach oben.

Agatha trägt ein schlabberiges T-Shirt über einer Jogginghose und hat sich abgeschminkt. So klasse sieht sie jetzt zwar nicht mehr aus, aber was soll's.

Die Wohnung scheint groß zu sein – zu groß für Agatha alleine. Stumm gehen wir über einen schmalen Flur, kommen dann in ihr Zimmer, in dem es stickig riecht. Während Agatha das Fenster aufreißt, sehe ich mich um. Kein Bett – das fällt mir als erstes auf –, Agatha schläft auf einer Matratze am Boden. Daneben steht eine Kleiderstange mit kunterbunten Klamotten, auf der anderen Seite der Matratze eine aufgebockte Holzplatte, die wohl als Schreibtisch dient. In der Ecke am Fenster sitzt eine nackte Schaufensterpuppe mit brustwarzenlosen Brüsten auf einem orangefarbenen Regiestuhl – ziemlich gruselig.

„Wo hast du die denn her?", frage ich.

„Von einer Ex. Sie hat sie vom Flohmarkt."

Ungefragt lasse ich mich auf ihre Matratze fallen und reiche Agatha eine Bierbüchse.

„Lebst du hier mit deinen Eltern?", frage ich und bemühe mich um einen unverfänglichen Gesichtsausdruck.

„Im Prinzip ja." Sie nimmt einen Schluck, setzt sich dann zu mir. „Aber die beiden sind gerade für zwei Monate beruflich in Ägypten..."

Was für paradiesische Zustände, denke ich, und frage Agatha, was ihre Eltern denn machen würden.

„Archäologen." Sie sagt das genauso gelangweilt, wie ich das immer tue, wenn ich Leuten erkläre, dass mein Vater KFZ-Mechaniker ist.

„Und da darfst du hier alleine wohnen?"

„Nicht ganz." Agatha steckt sich wieder eine Zigarette an. „Meine große Schwester..." Sie grinst. „... paßt auf mich auf, und das Gästezimmer haben meine Eltern der Mitwohnzentrale zur Verfügung gestellt. Im Moment haust hier noch eine Studentin."

Boh! Ich gäbe einiges drum, auch noch einzuziehen! Drei Weiber und sturmfreie Bude!

Mit der Zigarette im Mundwinkel steht Agatha wieder auf, ascht beiläufig in einen leeren Joghurtbecher und geht zur Fensterbank, um dort einen ganzen Stapel Kassetten durchzuforsten.

„Was hörst du so?", fragt sie währenddessen.

„Eigentlich alles."

„Alles? Nur Arschlöcher hören alles!" Sie lacht – so ziemlich von oben herab.

Das lasse ich nicht auf mir sitzen.

„Jazz", sage ich. „Miles Davis."

„Hab ich nicht."

„Wagner. Tristan und Isolde."

„Hab ich auch nicht."

„Dann spiel doch, was du willst!“ Langsam kehrt mein Biertaumel zurück, und ich mache mir ernsthaft Sorgen, ob ich gleich überhaupt noch kann …

„Wie du meinst.“

Agatha legt eine Kassette in den Rekorder und drückt auf den On-Knopf. Dröhnige Rockmusik, irgendeine Frauenband, nicht so ganz mein Fall. Als Agatha sich wieder neben mich setzt, nähere ich mich unauffällig ein paar Zentimeter und starre auf ihr T-Shirt, wo sich ihre Brustwarzen jetzt deutlich abzeichnen.

„Ich bin scharf auf dich“, höre ich mich plötzlich sagen. Komisch, aber ich werde nicht mal rot. Zum ersten Mal in meinem Leben sage ich so einen Satz, und ich muss zugeben, es macht mir sogar Spaß.

Agatha reagiert nicht. Sie raucht und stiert an die Decke, als ob sie ganz woanders wäre.

Ich wiederhole meinen Satz, diesmal lauter. Agatha sieht mich eine Sekunde lang an, total ungläubig, dann fängt sie an zu lachen. Sie lacht einfach, so dass das Bier aus ihrer Dose schwappt und ihre Jogginghose durchnässt.

„Was gibt’s da zu lachen?“ Mein Magen krampft sich vor Wut zusammen.

„Mach dich nicht lächerlich. Wir sitzen hier und trinken ein Bier, mehr nicht, okay? Ich steh nicht auf Typen.“

Nichts ist okay. Erst macht sie mich an, lässt mich noch zur Tankstelle dackeln, und dann behandelt sie mich wie den hinterletzten Idioten. Plötzlich klebe ich an ihren Lippen und stecke ihr meine Zunge gewaltsam in ihren Mund. Ich will sie jetzt, und sie will mich auch! Meine Hand gräbt sich in ihre Hose und fährt zwischen ihre Beine, natürlich will sie mich auch – und wie!

Die können mich alle mal, Väter, Lehrer und sämtliche Mädchen dieser Welt! Schließlich bin ich wer, und wer das nicht einsehen will, kriegt es mit mir zu tun!

Plötzlich ist es gleißend hell. Ein paar Hände zerren an mir, ich höre Schreie, fühle dann einen stechenden Schmerz in der Magengrube. Jemand muss mich getreten haben, mir ist speiübel, auf einmal wird es dunkel …

Als ich wieder zu mir komme, tut mir alles weh. Meine Hände sind steif vor Kälte, ich liege auf dem Bürgersteig, es stinkt, um mich herum Kotze – meine eigene Kotze … Nur langsam kehrt die Erinnerung zurück. Der Alkohol, Agatha, wir beide auf ihrer Matratze …

Unter wahnsinnigen Schmerzen rappele ich mich hoch und wanke ein paar Schritte vorwärts. Es geht. Mehr schlecht als recht, aber ich falle immerhin nicht um. Nieselregen. Ziellos schleiche ich durch die Straßen und kann mich an nichts erinnern. Oder will ich mich bloß nicht erinnern? Mir fällt Franzi ein, die jetzt bestimmt warm und zusammengerollt in ihrem Bett liegt, mein Vater und seine Wut – ich fühle mich hundeelend. Und dann denke ich, dass es vielleicht auch dann noch einen Neuanfang gibt, wenn alles zu Ende zu sein scheint.

Agatha und Rieke

BEI AGATHA. MORGEN.

Nach einer solchen Nacht in die Welt zurückzukehren, ist ein Alptraum. Immer das gleiche: Man denkt, man kriegt seinen Liebeskummer ganz locker in den Griff, und so ist es zunächst auch, alles paletti, aber dann werden aus einem Bier plötzlich zwei, aus zwei drei, vielleicht kommt noch eines dazu, und ohne es merken, ist man auf einmal sturzbetrunken.

Heute mag ich meine Augen erst gar nicht aufmachen. In meinem Kopf tobt eine regelrechte Schlacht. Gedankensplitter. Liebe mit Steffi, ihre Küsse waren das Größte. Himmlisch weich. Und tief. Es zieht zwischen den Beinen. Ihre Augen mit den schönen rotblonden Wimpern. Bald ist Frühling, wenigstens das.

Als ich mich vorsichtig auf die Seite wälze, überrollt mich eine plötzliche Welle der Übelkeit. Ich blinzele auf den Radiowecker. Ein Uhr! Nicht ein Geräusch kommt vom Flur oder aus der Küche – ob die anderen wohl auch noch schlafen? Was war gestern abend nur los? Irgendwie will mir mein Gedächtnis nicht so recht auf die Sprünge helfen. Erst als ich die Matrosenjacke auf dem Fußboden entdecke, fällt es mir wieder ein: Die Faschingsparty bei Tyra, dieser seltsame Typ, der sich nicht abschütteln ließ… Ich schließe noch einmal die Augen. Solange sich in der Wohnung nichts regt, werde ich auch nicht aufstehen. Langsam in den Tag dösen.

Es ist Sonntag. Die Schule auf Eis legen und einfach an nichts denken. Draußen prasselt ein gemütlicher Regen ans Fenster, ich bin so müde und fange langsam an zu schweben… Steffi ist bei mir und legt mir ihre Hand auf den Bauch. Die ist so heiß, dass mein Körper langsam zu schmelzen anfängt…

Da wird die Tür aufgerissen. Ich schrecke hoch, sehe meine Schwester Olga wie ein Gespenst im Türrahmen stehen.

„Kannst du nicht 'n bisschen leiser sein?", pflaume ich sie an. In meinem Kopf pocht und hämmert es wie wahnsinnig.

„Hör mal, du hast vielleicht Nerven! Einfach solche Typen anzuschleppen!"

„Reg dich ab." Mit beiden Händen halte ich meinen schmerzenden Kopf fest. „Wir haben nur was getrunken und geraucht..."

Olga tobt ins Zimmer und reißt die Vorhänge auf.

„Der Kerl hat dich vergewaltigt!"

„Wie?" Ich muss kichern.

„*Vergewaltigt!*" Sie ist regelrecht hysterisch.

„Quatsch."

„Na, dann eben Quatsch."

Schon ist Olga verschwunden. Während ich mich langsam aus dem Bett schäle, kommen Bilder hoch, verschwommen und dunkel und irgendwie merkwürdig. Ekel. Keuchen an meinem Ohr. Ich kann mich nicht erinnern, was genau passiert ist, ich würde doch wissen, wenn...

Auf einmal wird mir so übel, dass ich ins Bad sprinte und dort die Sünden der vergangenen Nacht der Kloschüssel überlasse. Verdammt! Nie wieder rühre ich Alkohol an! Und nie wieder nehme ich einen Kerl mit zu mir nach Hause, auch wenn er einen noch so netten Eindruck macht.

Ich putze mir die Zähne und schaue dabei angewidert in mein verquollenes, rotgeflecktes Gesicht. Olga ins Gebet nehmen. Schnell in die Küche.

„Was hast du gesehen?", schreie ich sie an, obwohl sie nun wirklich nichts dafür kann.

„Der Kerl war auf dir drauf. Und du hast geheult und getobt." Während Olga das sagt, hantiert sie in aller Seelenruhe an der Kaffeemaschine.

„Und sonst...?"

„Mensch, so genau weiß ich nicht, was war ... Ihr hattet beide nicht gerade viel an."

Ich lasse mich auf einen der Küchenstühle fallen. Möchte gerne weinen, aber es kommen keine Tränen. Ekel. Haß. Wenn er nun doch ...

„Vielleicht weiß Katharina mehr."

Katharina liegt noch im Bett und liest. Brutal ziehe ich ihr die Decke weg und löchere sie ohne Umschweife, aber auch aus ihr ist nicht mehr rauszukriegen.

„Wenn du schwanger bist, weißt du ja Bescheid", meint sie nur lapidar.

„Ich mach so was jedenfalls nicht noch einmal mit." Olga steht plötzlich im Türrahmen. „Erst lässt du dich zulaufen, und dann müssen wir die Typen von dir runterzerren. Wenn das Hans und Anna wüssten ..."

„Du bist gemein!" Jetzt fange ich tatsächlich an zu heulen. Dieser Paul war doch ganz okay. Er ist sogar zur Tankstelle gelaufen, um Bier zu holen ...

Auf einmal werde ich panisch. Was ist mit Schwangerschaft? Aids? Ich muss rauskriegen, was genau passiert ist! Dann fällt mir mein doofes erstes Mal mit einem Jungen ein, letztes Jahr im Januar. Das klebrige Zeugs, das hinterher im Bett war! Zurück ins Schlafzimmer. Auf meinem Laken sind keine Flecken, immerhin. Einmal tief durchatmen und zurück in die Küche.

Olga sitzt jetzt am Tisch und umklammert ihre Tasse. Ich gieße mir Kaffee ein, merke, wie meine Hände zittern. Das ist doch der reinste Irrsinn! Ein Typ fällt angeblich über mich her, und ich kann mich an nichts erinnern. Absurd! War ich denn so zugesoffen, zum Teufel nochmal? Ich öffne den Kühlschrank, nehme die Milchflasche und lasse sie mit Karacho auf dem Fußboden zerspringen.

„Bist du wahnsinnig?" Olga schnappt sich einen Lappen und

wischt damit auf ihrer Pyjamahose rum. „Du solltest mal zum Psychiater gehen!“

Ich setze mich hin und muß wieder weinen.

„*Du* bist wahnsinnig. Weil du so einen Mist behauptest.“

„Was ich gesehen habe, hab ich gesehen, okay? Solltest mir dankbar sein.“ Olga kriecht mittlerweile auf dem Fußboden rum, sammelt die Scherben zusammen und wischt die Milch auf. „Außerdem – wer war denn hier betrunken?“

„Mensch! Die paar Bier!“

„Ja genau! Die paar Bier. Du glaubst wohl auch an das Märchen, dass Frauen nur nachts im dunklen Park überfallen werden!“

„Gar nichts glaube ich mehr…“ Ich ziehe meine Knie bis zum Kinn und nehme einen ordentlichen Schluck Kaffee.

„Wann kriegst du deine Tage?“

„Morgen oder übermorgen. Oder überübermorgen.“ Ich knalle meinen Becher auf den Tisch. „Mensch! Was weiß ich denn!“

„Komm, iss was.“

Olga legt mir eine Scheibe Brot auf den Teller.

„Mag nicht.“

„Du musst was essen.“

„Lass mich!“

Ich gehe raus, schnappe mir das Telefon und rufe Rieke an. Rieke ist meine Busenfreundin. Wir kennen uns schon aus der Grundschule.

„Können wir uns heute Nachmittag sehen?“

„Eigentlich bin ich mit Georg verabredet.“

„*Bitte!*“

„Was ist denn?“ Riekes Stimme klingt echt besorgt.

„Nix Besondres. Kann nur sein, dass ich schwanger bin und außerdem Aids habe.“

„Waaas?“

„Nein. Ich weiß nicht. Nur vielleicht …“ Ich bin auf einmal so schwach, als hätte ich seit Wochen nichts in den Magen bekommen.

„Wie … wie … wieso?“, stottert Rieke. Vielleicht war es nicht fair, ihr so einen Schrecken einzujagen.

„Erkläre ich dir später“, sage ich und lege auf.

Eine Sekunde später bimmelt das Telefon. Rieke.

„Hör mal, entweder kommst du jetzt gleich, oder ich schwing mich aufs Rad.“

„Ich komm schon“, sage ich matt und mache mich auf den Weg.

STRASSE. MORGEN.

Was für ein Wetter! Vogelgezwitscher und Krokusse – aber ich finde alles zum Heulen.

Ich ekele mich. Vor den Männern, den Menschen im Allgemeinen und besonders vor mir selbst. Wer weiß – vielleicht war ich sogar diejenige, die es in diesem zugesoffenen Moment gewollt hat. Ist es möglich, dass man Dinge tut, die man gar nicht tun will, Dinge, die einem im Nachhinein völlig widerlich und absurd erscheinen?

Was hab ich denn schon groß mit Jungen am Hut? Okay, es gab mal einen, den ich ungefähr zwei Tage lang mochte, aber am dritten Tag stand ich doch wieder auf Mädchen. Von wegen Herzklopfen und so … Von wegen Liebe.

Mit Steffi war es Liebe, aber dann hat sie einfach Schiss bekommen. Angst vor zuviel Nähe. Manche Menschen kriegen nun mal die Panik, wenn man sie am liebsten nicht mehr loslassen möchte.

Die hat dich gar nicht geliebt, meinte Rieke mal. Die hat das Gefühl geliebt, verliebt zu sein. Ja, okay, dann war es eben so! Ausgeblendet. Ich will nicht mehr. Hat doch alles keinen Sinn …

RIEKES WOHNUNG. MITTAG.

Rieke öffnet und zerrt mich an ihrer Mutter vorbei in ihr Zimmer.

„Mögt ihr ein paar Plätzchen?", fragt Frau Meister.

„Ja, gerne", sagt Rieke mit Säuselstimme. Wie ich sie kenne, will sie ihre Mutter nur abwimmeln. Geplänkel hin, Geplänkel her – dann ist Frau Meister endlich draußen. Rieke sieht mich erwartungsvoll an.

„Mich hat gestern so ein Typ ... ver... überrumpelt", stottere ich.

Rieke guckt, als hätte ich sie nicht mehr alle.

„Was soll das heißen?"

Ich sehe sie nur an, verzweifelt, und bringe keinen Ton raus.

„Du meinst doch nicht etwa vergewaltigt?"

„Ich weiß es nicht! Das ist ja der Punkt ..."

Rieke presst ihre Fingerkuppen gegeneinander. „Du spinnst, Agatha! So was weiß man doch!"

„Eben nicht!"

„Und wieso nicht?"

Ich betrachte meine Handinnenflächen und denke nach. Eigentlich ist es mir ziemlich peinlich Rieke von Paul und diesem überhaupt unsäglichen Abend zu erzählen, aber sie lässt nicht locker.

„Okay", fange ich an. „Ich war doch gestern auf Tyras Party, und da hab ich so einen Jungen kennengelernt ... Wir haben zusammem Bier getrunken und geraucht, eigentlich war es ziemlich nett ..."

Rieke drückt mich auf ihr Bett, weil ich immer noch wie angewurzelt in ihrem futuristisch eingerichteten Zimmer rumstehe.

„Und dann?"

Schon geht die Tür auf und Riekes Mutter stellt uns Tee und Plätzchen hin. Mir ist immer noch übel. Ziemlich übel sogar, und gefrühstückt habe ich auch noch nicht.

„Mama! Vielleicht will Agatha lieber Kaffee!“

„Kaffee?“ Frau Meister sieht mich fröhlich lächelnd an, dabei weiß ich genau, dass es nur aufgesetzt ist. Seit sie mitgekriegt hat, dass ich mit Mädchen nicht nur lustige Pferdepostkarten austauschen will, hat sie Angst, ich könne ihre Tochter anstecken.

„Ja. Kaffee wäre sehr schön“, sage ich ebenso falsch grinsend.

Tür zu – ein Gefühl in meinem Kopf, als wäre gerade eine Bombe detoniert.

„Erzähl weiter“, drängt Rieke.

Ich versuche den Rest zusammenzukriegen, Bilder kommen hoch, Fetzen, alles wie durch Nebel …

Rieke sagt gar nichts. Sie sitzt leicht nach vorne gebeugt und kratzt in aller Seelenruhe Kerzenwachs von ihrem Glastisch. Typisch! Man kann ihr die fürchterlichsten Dinge sagen, und sie zuckt nicht mal mit der Wimper.

„So, mehr fällt mir nicht ein“, beende ich schließlich meinen Bericht.

Rieke guckt hoch und schaut mich irgendwie verwirrt an, als wäre sie gerade aus einem langen, tiefen Schlaf erwacht.

„Also, ich will das nicht verharmlosen“, sagt sie dann ganz sachlich, „aber wenn du vergewaltigt worden wärst, wüsstest du davon. Ganz bestimmt.“

„Und hältst du es nicht für möglich, dass es Momente gibt, in denen einfach was im Kopf aushakt?“

„Komm, du warst doch nicht im Koma!“

„Nein … Natürlich nicht …“ Verzweifelt sehe ich sie an und wünschte, sie würde mich in den Arm nehmen. „Aber das viele Bier und … Außerdem hatte ich kaum was gegessen!“

„Ich kann auch nicht in dich reingucken.“

Wie knallhart sie das sagt! Und recht hat sie. Denn das ist das eigentliche Drama: Dass ich mir selbst nicht trauen kann. Am Tag weiß ich so genau, wer ich bin und was ich will, aber nachts ist alles anders. Da trinke ich ein paar Bier, und schon drehe ich durch. Lasse mich vor lauter Steffi-Liebeskummer sogar von einem Typen angraben! Natürlich hat es mir geschmeichelt, dass er ständig um mich rum war und sich balzmäßig total ins Zeug gelegt hat, ich fand ihn sogar einigermaßen sympathisch, aber sexy…? Nein. Und ich hab ihm auch keine Signale gegeben, ihn angebaggert oder so…

„Einen Aidstest solltest du vorsichtshalber schon machen." Riekes Worte dröhnen in meinem Ohr.

„Ich hab Angst."

„Da musst du durch!" Rieke beugt sich zu mir rüber und krault zärtlich meinen Nacken – das erste schöne Gefühl an diesem Morgen.

Als wir ihre Mutter auf dem Flur hören, lässt sie ihre Hand abrupt sinken.

„Kaffee! Frisch gebrüht!"

Ich finde dieses Mutter-Geflöte ziemlich grauenhaft. Und dazu noch ihr eingefrorenes Gegrinse!

„Danke, Frau Meister." Ich schenke ihr mein zuckersüßestes Lächeln. Kaum ist Riekes Mutter draußen, verziehe ich genervt das Gesicht.

„Sie meint es nicht so." Rieke gießt Kaffee in eine Milchkaffeeschale und reicht sie mir.

„Und wenn du mit diesem Paul Kontakt aufnimmst? Vielleicht weiß *er* wenigstens, was er getan hat!"

„Eher springe ich aus dem Fenster."

„Du könntest ihn anzeigen."

„Wo ich mir nicht mal sicher bin, was passiert ist? Lächerlich!"

Rieke seufzt. „Ich würde dir ja gerne helfen. Ehrlich. Aber ich weiß nicht, wie."

„Besorg mir ein Kindermädchen, das rund um die Uhr meinen Bierkonsum und mein Sexualverhalten kontrolliert."

„Du bist zynisch!"

„Hab ich nicht allen Grund dazu?" Ich trinke ein paar Schlucke Kaffee, was mir richtig guttut. „Nimm nur mal dich als Beispiel! Du bist eine ganz normale Heterofrau, hast nicht besonders viel Stress mit deinen Eltern, alle Jungs finden dich süß, und in der Schule bist du auch noch gut."

Rieke fängt quietschend an zu lachen, was zwar nicht gerade angebracht, aber irgendwie doch ein wenig tröstlich ist. „Erstens: Alle beneiden dich drum, dass du so oft sturmfreie Bude hast, wo du tun und lassen kannst, was du willst. Zweitens: Geldsorgen hast du auch keine, weil Anna und Hans dir jeden Monat einen tollen Scheck ausstellen. Drittens finden mich nur Jungs süß, die ich zum Kotzen finde, viertens bin ich in der Schule kein bisschen besser als du, und fünftens … was ist leichter daran, hetero zu sein? Glaubst du vielleicht, mit Jungs hat man es leichter als mit Mädchen?"

„Natürlich. Mädchen sind nicht nur kompliziert. Sie haben oft einen regelrechten Dachschaden. Das müßtest du doch am besten wissen."

Rieke boxt mich in die Seite und lächelt mir aufmunternd zu. Was für ein Glück, dass ich wenigstens sie habe.

STRASSE. FRÜHER ABEND.

Olga hat sich bei mir eingehakt. Wir wollen uns nur schnell was vom Chinesen holen.

„Was ist mit dem Aidstest?", fragte sie plötzlich mit sorgenvollem Gesichtsausdruck. „Du wirst ihn doch machen?"

Oh, Mann! Muss man mich immer und überall an diesen Paul erinnern?

„Ja!", fauche ich. „Aber laß mir noch ein bisschen Zeit!"

„Die hast du sowieso. Du kannst erst in drei Monaten zum Test gehen."

Ich bleibe abrupt stehen, sehe Olga ungläubig an. „Wieso?"

„Weil die Antikörper eben nicht früher in deinem Blut nachweisbar sind."

„Du glaubst doch nicht im Ernst, dass ich mich jetzt drei Monate lang quäle? Drei Monate Todesangst?“

„Es wird dir nichts anderes übrigbleiben.“

„NEIN!!“, schreie ich, reiße mich los und laufe nach Hause. Warum muß ausgerechnet mir so was passieren?

AGATHAS ZIMMER. NACHMITTAG.

Von nun an bin ich Meisterin im Verdrängen. Ich tue einfach so, als hätte es den Tag X nicht gegeben. Ausradiert. Es ist wohl das Beste so. Sonst überstehe ich die drei Monate nicht, 90 Tage, 2160 Stunden… Immerhin hab ich inzwischen meine Regel bekommen.

Bizarre Schatten vor meinem Fenster. Wolken, Sonne, dann wieder Wolken. Ich träume mich in ein anderes Leben, wo es keine Sorgen gibt – so geht das Tag für Tag, Woche für Woche…

BEI RIEKE. NACHMITTAG.

„Ach, lass uns doch ins Kino gehen!“, mault Rieke.

„Wir ziehen das hier jetzt durch“, bestimme ich. „Und zwar bis zum bitteren Ende.“

Langsam werde ich sauer. Eigentlich wollten wir uns ein paar Gedanken über die Homepage machen, mit der wir beide als sozusagen *Auserwählte* unsere Schule im Internet präsentieren dürfen. Zwar eilt es nicht so – wir haben bis Ende Mai Zeit –, aber ich bin für jede Ablenkung dankbar.

„Also, was ist mit den Lehrern?“, frage ich. „Eine Möglichkeit wären Fotos, die wir dann einscannen.“

Rieke wälzt sich auf den Rücken und starrt die Decke an.

„Kennst du diesen einen Sänger…?“, fragt sie wie aus heiterem Himmel.

Ich stöhne laut auf; das fehlt mir noch: eine neue Liebesgeschichte unter deutschen Dächern.

„Also gut: Welchen Sänger meinst du?“

„Ich weiß nicht, wie er heißt. Dieser Typ von den *Ratten*.“

„Oh, nein!“ Vor genau einem Jahr waren wir in der Stadthalle bei einem Konzert. Grölende Teenies bis zum Abwinken. „Findest du es nicht reichlich pubertär, einen Provinzpopstar anzuhimmeln?“

„Was soll daran pubertär sein?“ Rieke klingt echt beleidigt. Logisch. Weil ich damit einen wunden Punkt bei ihr treffe. Ich habe mich nur ein-, zweimal in eine Popsängerin verliebt, aber da war ich gerade mal elf. Bei Rieke kommen solche Schwärmereien immer noch vor – und zwar in einer Häufigkeit, dass man kaum noch mitzählen kann.

„Bitte, Rieke! Die Homepage soll doch der Knüller überhaupt werden!“

„Ja! Aber im Moment stehe ich eben mehr auf ... *Provinzpopstars*!“ Sie dreht sich wieder auf den Bauch und sieht mich herausfordernd an. „Wie sieht's denn eigentlich bei dir aus?“

„Tote Hose.“

„Keine, die dich interessiert?“

„Nein!“

„Ganz bestimmt nicht?“

„Hör mal, ich habe wirklich andere Sorgen!“ Bestimmt klinge ich wie eine alte, verbitterte Ziege. „Außerdem sind alle interessanten Mädchen sowieso hetero!“

„So ein Quatsch!“

„Gar kein Quatsch!“

„Ich werd es dir beweisen!“

So streiten wir noch ein paar Minuten weiter, bis ich auf einmal wieder auf den Boden komme. Wir reden so einen Unsinn daher, während ich vor lauter Panik kaum noch schlafen kann. Was, wenn ich mich tatsächlich infiziert habe? Unwohlsein, Flecken im Gesicht und abmagern. Immer mehr. Irgendwann ist man zu schwach, um zu laufen. Krankenhausflure und komischer Geruch ...

Aber vielleicht ist es nur gut, dass man trotz allem wieder

schnell zur Tagesordnung übergehen kann. Soll ich denn etwa alles, was sonst mein Leben bestimmt, bis zum Test ausblenden?

STRASSE. VORMITTAG.

Eine könnte mir schon gefallen. Sie steht vor der Boutique bei uns gegenüber und stützt so tatkräftig ihre Hände in die Hüften. Tiefschwarze kinnlange Haare – das wäre mal was ganz Neues. Eine Figur zum Wahnsinnigwerden. Etwas weiblicher als knabenhaft, aber nicht so ausladend, dass sie gleich üppig ist. Eigentlich hat sie alles im richtigen Maß an den richtigen Stellen sitzen. Und dann ihr etwas trauriger Blick – zum Verlieben ... Aber wie ich das Leben kenne, steht sie bestimmt nur auf Jungs. Auf Modeltypen mit langen Haaren, Muskeln und blödem Imponiergehabe.

Ich muss mich eigentlich auf die Schule konzentrieren, großer Gott, es stehen im Moment so viele Klausuren an! Aber wie soll das funktionieren, wenn man ständig andere Sachen im Kopf hat?

Keine, die dich interessiert?, hat Rieke gefragt. Natürlich, theoretisch gesehen gibt es tausende, aber was ist ein ganzer Haufen schöner Mädchen gegen Steffi? *Die* eine Steffi! Könnte ich nur endlich ihren Namen aus meinem Gedächtnis streichen!

Okay, laufe ich einmal über die Straße und pirsche mich von hinten an die Schöne ran. Wenn sie sich jetzt umdreht, ist es ein gutes Zeichen – ich bin da ziemlich abergläubisch.

Sie dreht sich um, ja, aber sie schaut mich nicht an, als ich vorbeimarschiere. Das Mädel gefällt mir, ja wirklich! Sie ist zum Anknabbern hübsch, und dennoch weiß ich nicht, ob ich jemals wieder ein Mädchen lieben kann. Wenn ich nun infiziert bin ... Der reinste Horror!

Je mehr Tage verstreichen, desto schwächer wird die Erinnerung. Keine Chance mehr rauszukriegen, was eigentlich passiert ist.

BEI AGATHA. NACHMITTAG. ABEND.

Ich lerne jetzt jeden Tag mit Rieke bei uns zu Hause. Wenn man lernt, ist das Leben leichter zu ertragen. Ablenkung. Konkrete Ziele. Zwischendurch Cola und Plätzchen. Wir haken ein Klausurthema nach dem anderen ab, und langsam schaffe ich es wieder, mir das Leben in leuchtenden Farben auszumalen. In zwei Jahren mache ich mein Abi, dann kommt die Schneiderlehre – garantiert eine harte Zeit –, aber das spielt keine Rolle, wenn es mich nur dem Theater näherbringt… Könnte ich Rieke bloß überreden, später auch etwas Vernünftiges zu machen. Aber die will vielleicht Sprachen studieren. Typisch Mädchen!

„Was hast du eigentlich immer mit deinen blöden Sprachen?", frage ich sie, als sie zum Lernen kommt.

„Die Möglichkeit, ein- und dasselbe in verschiedenen Sprachsystemen ausdrücken zu können, ist doch super!"

Ich lächele nur müde. Klar ist es toll, wenn ich einer Französin „Je t'aime", sagen kann, einer Italienerin „Ti amo" und einer Polin „Kocham ciebie". Aber muss man deswegen gleich Sprachen studieren?

Rieke und ich sitzen gerade über selbstgemachten Hamburgern, als die Haustür aufgeschlossen wird und kurz darauf meine Eltern in mein Zimmer platzen. Ich kann es nicht glauben! Eine ganze Woche sind sie zu früh!

„Überraschung!", rufen sie im Duett und umarmen mich nacheinander.

„Wieso seid ihr nicht mehr in Ägypten? Wieso habt ihr nicht angerufen?"

„Wir wollten mal gucken, ob wir unsere Tochter bei ganz schlimmen Sachen ertappen können!" Ja, ja! Hans und seine unglaublich originellen Scherze. „Aber dass ihr hier ganz brav sitzt und lernt… Dafür hat sich die frühe Abreise ja gar nicht gelohnt!"

Rieke lacht und fragt, ob sie besser gehen solle.

„Quatsch. Natürlich nicht", meint Hans. „Olga nicht da?"

„Die wollte noch in die Unibibliothek."

„Na, dann sehen wir sie ja spätestens morgen früh." Anna guckt gierig auf unsere Hamburger. „Habt ihr vielleicht einen Happen für uns übrig? Im Flieger gab's nur tiefgekühlte Brötchen und ein versalzenes Omelett."

Klar! Haben wir! Rasch räumt Rieke unsere Schulsachen beiseite, während ich zwei Teller aus der Küche hole. Alle vier hocken wir uns auf mein Bett, auch wenn es im Eßzimmer oder in der Küche im Grunde viel bequemer wäre.

Hans breitet etliche Pakete getrockneter Feigen auf dem Fußboden aus. „Nervennahrung. Vom Flughafen."

„Mmm, lecker!" Ich reiße gleich ein Paket auf und stecke ein, zwei Feigen in meinen Hamburger. Rieke und meine Mutter ekeln sich fast zu Tode.

„Wollt ihr was trinken?" Ohne unsere Antwort abzuwarten, zieht Anna eine Flasche Sekt aus ihrer Ledertasche. „Auch vom Flughafen."

„Gibt's was zu feiern?", frage ich.

„Ja, das Leben", sagt Anna mit ihrer Altstimme.

Das ist ein Wort. Ich hole Saftgläser aus der Küche; Hans öffnet derweil die Flasche.

Dann plaudern wir über dies und das. Über Annas erfolgreichen Vortrag in Kairo, Kerstin, die Tochter einer Kollegin hat geheiratet, Hans kriegt langsam einen Bauchansatz und so weiter und so fort…

Ich freue mich immer riesig, wenn meine Eltern mal da sind. Wenn wir so ganz normal auf Familie machen. So beknackt ich Frau Meister finde – manchmal beneide ich Rieke schon, dass sie jederzeit zu ihr gehen kann.

Soll ich Anna und Hans von der Sache mit Paul erzählen? Nein, entscheide ich, lieber nicht. Wahrscheinlich wären sie nur enttäuscht, wenn sie wüssten, wie ich manchmal über die Stränge schlage.

Kaum ist die Flasche geleert, springt Anna schon wieder hektisch auf.

„Leute, ich leg mich ins Bett. Dieser Jetlag bringt mich immer um!“

Ich nicke nur und mache mir nicht mal die Mühe zu fragen, ob sie morgen nicht schon vielleicht wieder in einem Flieger zum Mond sitzt. Wäre ihr glatt zuzutrauen. Als Anna draußen ist – Rieke trägt netterweise die Gläser in die Küche –, will Hans wissen, ob etwas mit mir los ist.

„Nein. Wieso?“ Ich schaue meine Kleiderstange an, die unter der Last der vielen Klamotten fast zusammenzubrechen droht.

„Du wirkst so … irritiert.“

Typisch Hans mit seiner merkwürdig gestelzten Ausdrucksweise.

„Liebeskummer?“

„Bisschen.“ Es ist mir unangenehm, mit der Sprache rauszurücken. Ich will es, ich will es nicht, ich will es, nein, ich darf es nicht!

„Nächstes Wochenende haben Anna und ich frei. Dann können wir uns zwei richtig schöne Familientage machen.“

Hans steht auf. „Ich geh besser auch mal schlafen. Sag Olga, dass sie morgen früh auf jeden Fall auf uns warten soll. Ihr könnt uns auch ruhig wecken!“

„Ja, ja. Gute Nacht, Paps! Schlaf gut!“

Küsschen links, Küsschen rechts, raus ist mein Vater.

Wenig später bringe ich auch Rieke zur Tür.

„Findest du meine Eltern eigentlich nervig?“, frage ich leise.

„Nein, wieso?“ Rieke betrachtet sich selbstzufrieden im Spiegel.

Als ich nicht antworte, sieht sie mich forschend an. „Ist was?“

„Nein. Ich mein nur …“ Die Luft in unserer Wohnung kommt mir auf einmal unglaublich stickig vor. „Würdest du deinen Eltern … so ein Hammerding erzählen?“

„Das mit Paul …?“

„Psst! Nicht so laut!“ Ich nicke.

„Auf keinen Fall“, flüstert Rieke. „Aber ich dachte, bei dir wäre es was anderes. Deine Eltern sind doch nicht so spießig.“

„Das spielt keine Rolle. Im Zweifelsfall sind sie wahrscheinlich wie alle anderen Eltern auch.“ Ich gucke Rieke hilfesuchend an.

Die nimmt mich in den Arm und drückt mich fest. „Hauptsache, wir haben uns. Das reicht doch.“

AGATHAS ZIMMER. MITTAG.

Komme von der Schule. Der Briefkasten quillt über. Werbungen, Rechnungen, nicht mal eine einzige Postkarte. Ich pfeffere den ganzen Kram auf den Küchentisch, ziehe dann einen an mich adressierten Umschlag raus. Merkwürdige Schrift, mir völlig unbekannt... Mein Herz poltert los, bestimmt ist der Brief von Paul. Liebe Agatha, tut mir Leid, dir mitteilen zu müssen, dass ich dich tatsächlich vergewaltigt habe und im übrigen HIV positiv bin... Nein, so etwas schreibt kein Mensch, bestimmt nicht, aber was will er von mir? Soll mich doch in Ruhe lassen, der Kerl!

Ich gehe in mein Zimmer. Öffne den Umschlag einfach nicht, gucke stattdessen aus dem Fenster. Bäume mit zartgrünen Blättern. Ich halte es nicht länger aus, mir ist übel, ich habe Angst, furchtbare Angst! Anna ist beim Job, Hans beim Arzt, Olga an der Uni...

Wenn Steffi jetzt anrufen würde! Ich will wieder mit dir zusammensein. Nur sechs Worte würden ausreichen, um mich glücklich zu machen! Aus. Vorbei. Alle Gefühle in einen Müllsack gestopft und weggeworfen. Meine erste richtige Freundin...

Ist doch okay, hat Rieke damals gesagt, als Steffi und ich zusammengekommen sind. Kein blöder Kommentar, nur: *Ist doch okay*. Erst später wollte sie wissen, wie sich das mit Mädchen anfühlt, aber ich wusste keine Antwort.

Wie ist es mit Mädchen? Liebe, die einen auffrisst. Das Herz kaspert herum. Man hat das Einmaleins vergessen. Kriegt keinen Bissen runter, und wenn man im Bett liegt und einschlafen will, zucken und zittern einem die Beine. Man steht Stunde um Stunde vorm Spiegel. Isst zwanzig Äpfel, weil das schön machen soll. Es zieht im Unterbauch, immerzu – so ist das mit Mädchen. So ist das, wenn man sich verliebt hat!

Ich liebe Steffi immer noch, ein Jahr ist doch kein Pappenstiel! Erinnerungen zum Wahnsinnigwerden. Soviel ist passiert. Day after day. Fahrrad fahren, rumalbern, Eis essen – genauso wie mit Rieke und doch anders. Sich anfassen und streicheln und noch viel mehr. Das ist der Unterschied!

Jetzt stehe ich hier und gucke den Brief an, der vielleicht mein Todesurteil bedeutet. Mein Herz klopft laut und rasendschnell. Steffi, Paul... Immer bin ich nur das Opfer irgendwelcher miesen Attentate. Bist du nicht, sagt mir eine innere Stimme. Es sind nicht nur die anderen schuld, auch du bist für dein Glück verantwortlich!

Von meinem Fenster zum Schreibtisch sind es nur zwei Schritte. Dort habe ich den Brief hingelegt. Ich beobachte ihn aus sicherer Entfernung, schaue, ob er mir vielleicht ein Zeichen gibt. Nein... Er ist nur ein gefaltetes Stück Papier, und drinnen liegt ein anderes Stück Papier... Auch meine Schaufensterpuppe Elvira will mir keinen Rat geben.

Mit einem Satz bin ich am Schreibtisch und schnappe mir den Unschlag. Erwachsen sein heißt, sich dem Leben zu stellen. Ich kann nicht immer weglaufen. Dieser Brief hier ist eine Tatsache, genauso wie es Tatsache ist, dass Steffi mich verlassen hat und dass dieser Paul in meinem Zimmer war. Mit einem Ruck reiße ich den Umschlag auf. So wie man ein Pflaster abzieht. Je schneller, desto weniger tut es weh.

Liebe Agatha! Es ist jetzt zwar schon einige Zeit her, aber trotzdem: Sorry, sorry, sorry – ich war wohl nicht ganz bei Sinnen. Ehrlich – du darfst nicht denken, dass ich ein Grobian bin. Irgendwie ist … irgendwas mit mir durchgegangen. Vielleicht glaubst du, ich bin verrückt, aber könnten wir nicht Freunde sein? Paul.

In einem heftigen Wutanfall zerreiße ich den Brief und lasse die Schnipsel in den Papierkorb regnen.

LATERNA MAGICA. ABEND.
„Der Kerl hat sie nicht mehr alle."

Rieke nickt. „Aber dass er überhaupt geschrieben hat, ist doch mutig…"

Ich nippe an meinem O-Saft. „Trotzdem… Am liebsten würde ich ihn anzeigen."

„Dann tu's."

„Viel zu spät. Und stell dir nur mal die Fragen der Beamten vor. Was? Getrunken haben Sie? Und nicht mal einen BH hatten Sie an?"

Schweigend lassen wir unsere Blicke durch den Raum schweifen. Eigentlich geht mir dieses Café mit seinen orange angepinselten Wänden schon lange auf die Nerven. Immer dieselben Schüler, es wird getratscht und gelabert, aber keiner dieser Idioten interessiert sich wirklich für den anderen. Leider Gottes dauert es noch zwei Jahre, bis ich aus diesem Kaff raus bin. Aber dann geht das Leben los! Bewerbungen schreiben und vor der Lehre noch schnell ins Ausland – warum eigentlich nicht?

„Kommst du nach dem Abi mit nach Amsterdam?", frage ich einfach so.

„Wer weiß, was in zwei Jahren ist!" Rieke sieht nicht besonders intelligent aus, als sie das von sich gibt.

„Man darf doch wohl noch mal träumen", sage ich, gehe aber davon aus, dass sie sowieso nicht begreift, was ich meine.

Dann kommt unser Essen.

Während ich mich auf mein Bauernfrühstück stürze, merke ich, wie gierig Rieke meinen Teller anvisiert. Nicht mal einen Blick hat sie auf ihren Hirtensalat geworfen. Das nervt mich unglaublich an ihr: Grundsätzlich bestellt sie das Falsche und neidet dann den anderen ihr Essen.

„Bestell dir noch ein Bauernfrühstück“, provoziere ich sie. „Der Scheck von meinem Daddy ist diesmal ganz anständig ausgefallen.“

„Du bist gemein!“

„Na, los! Mach schon!“

Rieke senkt beleidigt ihren Kopf und fängt schweigend an zu kauen. Na dann …

In einer Woche schreiben wir eine sauschwere Matheklausur, zwei Tage später Bio. Ich kriege Schweißausbrüche, wenn ich nur daran denke. Zumal uns immer noch die zündende Idee fehlt, wie wir das Lehrerkollegium auf unserer Homepage besonders originell vorstellen können. Vorsichtshalber haben wir schon mal Alexa beauftragt, ein paar Karikaturen anzufertigen …

Dann ist mir plötzlich wieder alles egal. Ich denke an Steffi. An ihren Körper, an ihr Lachen. An die zwei kleinen Leberflecken am Kinn und an ihre helle Stimme. Wenn sie nicht in einen anderen Stadtteil gezogen wäre, ich wüsste nicht, was ich täte … Ihr auflauern, Spionage, Eifersucht und lauter dumme Dinge sagen?

Kann ein Mensch *genau richtig* sein? Steffi war es. Sanft und wild, Küsse aus Himmelsstaub – ich fand, wir passten so gut zusammen! Reden, Sex und Zärtlichkeit, alles war gleich wichtig und gleich schön, und selbst, wenn wir gestritten haben, war es okay. Und dann kam der Tag, als sie mir von der anderen erzählt hat. Ivi. Ein Mädchen, das für sie die Sterne vom Himmel holt. O-Ton Steffi. Was das bedeuten soll, wissen nur die Götter!

„Vielleicht gehe ich zu Paul“, höre ich mich plötzlich sagen, und erst mit einer kleinen Verspätung wird mir klar, was ich da gerade von mir gegeben habe.

AGATAHS ZIMMER. NACHT.

Die Adresse zusammenzukleben, ist mehr als easy. Hubertusstraße vier. Ich muss das klären!

STRASSE. SPÄTER NACHMITTAG.

Mir ist schon reichlich elend zumute, als ich den Klingelknopf drücke. Roter Klinkerbau mit so sauberem Treppenhaus, dass man Pizza vom Fußboden essen könnte. Die Tür wird ganz plötzlich aufgerissen; ich habe nicht mal Schritte gehört. Ein Mann, ungefähr fünfzig, Vollbartträger, steht vor mir.

„Guten Abend. Ich möchte zu Paul ..."

„Nicht da." Der Mann sagt es so unfreundlich, dass ich keine große Lust habe, mich zu erkundigen, wann er denn wiederkommt. Dazu diese entsetzliche Bierfahne.

„Danke. Wiedersehen." Schon bin ich unten und fast erleichtert, diesen kleinen Aufschub bekommen zu haben. Stoße die Tür auf und pralle mit einem langen Kerl zusammen ... Paul. Er erkennt mich sofort. Steht wie ein Schüler vor mir, den man beim Nasebohren erwischt hat. Total rot im Gesicht.

„Gehen wir ein Stück?" Sein Tonfall ist devot.

„Von mir aus."

Paul läuft ein paar Meter voraus; wahrscheinlich hat er Schiss, sein grimmiger Vater könnte rauskommen und ihn belauschen.

An der nächsten Straßenkreuzung bleibt er stehen.

„Hast du meinen Brief bekommen?"

Statt zu antworten, schnauze ich ihn. Was er sich eigentlich einbilde! Wir und Freunde!

„Es tut mir Leid. Reicht das nicht?"

„Nein. Das reicht absolut nicht!" Ich hasse es, zu ihm aufsehen zu müssen. „Was hast du mit mir gemacht? Na, sag schon!"

Keine Antwort. Paul schabt mit seinen derben Stiefeln ein

bisschen Erde los, schippt sie dann über den Kantstein auf die Straße.

„Hör mal! Ich hab wahnsinnige Angst vor Aids!" Meine Stimme ist schrill und überschlägt sich fast.

„Aids? Wieso denn Aids?"

„Na, rate mal, warum!" Vor Wut bin ich kaum in der Lage, richtig zu artikulieren. „Paul! Bist du gesund?"

„Ich denke schon."

„Was soll das heißen, ich denke schon?"

Pauls Augen flackern nervös. Das ist alles.

Ich starte einen letzten Versuch, bin nahe dran, ihm eine zu scheuern.

„Los, sag schon! Was hast du mit mir gemacht?"

„Ich …, ich wollte dich nicht mies behandeln …" Paul hat rote Flecken im Gesicht, und als ich ihm jetzt tatsächlich eine klebe, stehen ihm Tränen in den Augen.

Ich drehe auf dem Absatz um und renne davon, als sei der Teufel hinter mir her.

BEI AGATHA. NACHT.

Ich hasse ihn! Sich so billig rauszureden!

Panik vorm Test. Wie lange muß ich eigentlich noch warten? Einen Monat? Eine Woche? Ich weiß es nicht. Friere und schwitze und strampele die Bettdecke von mir. An Schlaf ist nicht zu denken. Keine Ahnung, warum ich zu Paul gegangen bin. Was habe ich mir nur davon versprochen? Ein wirklich saudummer Einfall!

Mit einem Schlag war wieder alles da. Sein Geruch und sein Keuchen … Ein Blick zum Wecker: drei Uhr. Ich stehe auf und trinke in der Küche ein Glas Milch. Plötzlich kommt Olga im Schlafanzug reingetapst.

„Warum schläfst du nicht?"

„Olga … Ich hab so Angst!"

„Die Wahrscheinlichkeit ist ziemlich gering…“, sagt sie und täschelt etwas unbeholfen meine Schulter. „Wird schon nichts passiert sein.“

„Du sagst doch Anna und Hans nichts?“

„Natürlich nicht. Das ist ganz allein deine Sache.“

Einigermaßen beruhigt gehe ich wieder zu Bett. Olga ist immer so besonnen und vernünftig. Sie wird schon recht haben.

BEI AGATHA. MITTAG.

Anna hat sich einen Tag freigenommen. Als wäre es ihre liebste Beschäftigung, steht sie in der Küche und kocht für Olga und mich ein asiatisches Reis-Hühner-Gericht. Wie eine richtige Mami. Später wäscht und bügelt sie meine Sachen, und als Rieke wegen der Homepage kommt, bringt sie uns Plätzchen und Tee. Genau wie Frau Meister. Für einen Moment bin ich richtig glücklich, und wenn es nicht so albern wäre, würde ich am liebsten auf ihren Schoß kriechen, ein bisschen dösen und mich trösten lassen. Noch drei Tage, dann gehen meine Eltern wieder auf Reisen, und ich hänge mit Olga und irgendeiner neuen Studentin wieder alleine rum. Vorbei das Kinderglück.

Immerhin hat Rieke die zündende Idee.

„Wie wär's, wenn wir jeden Lehrer mit einem Lieblingssatz, Lieblingsversprecher oder seiner Lieblingsmacke vorstellen? Dazu dann die Karikaturen von Alexa. Übrigens: Vom Direx über den Hausmeister, über die Putzfrauen bis zu den Sekretärinnen sollten wir alle vorstellen.“

Voller Eifer machen wir uns an die Arbeit.

KLASSENZIMMER. VORMITTAG.

Zeit, die davonrast. Zwei Stunden Bioklausur. Nervenbahnen, Synapsen, Hilfe! Rieke sitzt ungefähr einen Meter von mir entfernt und hat eine ganze Batterie Müsliriegel vor sich aufgereiht, dazu zwei Dosen Cola-Light und einen Apfel. Ich würde jetzt keinen Bissen runterkriegen. Trinke Saft aus einer Pappschachtel. Schon die erste Aufgabe verstehe ich nicht. Hoffentlich geht das nicht so weiter! Einige schreiben bereits. Ich immer noch nicht. Was macht das bloß für einen Sinn, hier zu hocken und über Nervenbahnen zu brüten, wo meine eigenen doch blockiert sind! Muss aufs Klo. Ja, ich darf kurz raus. Gang rauf und runter und in die Kabine. Auf meinem Spickzettel stehen ein paar Eckdaten. Kann ich trotzdem nicht gebrauchen. Die Spülung funktioniert nicht richtig, müsste mal repariert werden. Hände waschen. Sehe den Umständen entsprechend okay aus. Wieso habe ich bei Klassenarbeiten neuerdings so fürchterliche Panikattacken? Gehe zurück, Herr Liebrecht wirft mir ein Lächeln zu. Wieder und wieder lese ich die Aufgaben durch, irgendwann platzt der Knoten, und ich schreibe los. Die Gedanken purzeln durcheinander, aber sowie ich den Füller ansetze, ordnen sie sich von ganz alleine. Es ist wie ein Rausch. Entweder Eins oder Sechs, entweder brillant oder an der Aufgabenstellung vorbei. Als ich wieder hochsehe, hat Rieke nur noch Müsliriegelpapier vor sich liegen und schaut mich entnervt an. Schulterzucken. Aus. Ende.

KAFFEEBAR. MITTAG.

Rieke redet und redet, will wissen, wie ich dies und jenes verstanden habe, palaver, palaver, palaver … Ist doch egal. Vorbei.

Immerhin ist es wunderbar sonnig draußen, und der Milchkaffee rinnt warm und beruhigend meine Kehle runter. Rieke hat vor lauter Streß so heftig an einem Nagel gekaut, dass es am Nagelbett blutet. Sie steckt ihren Finger in den Mund, lutscht und lutscht, aber es will nicht aufhören zu bluten. Immer wieder treten kleine rote Perlen aus der Wunde.

„Machen wir gleich mit unserer Homepage weiter?"

„Bitte nicht!"

Ich will einfach nur auf dem Bett liegen, ein Buch lesen,

manchmal an die Decke starren oder die Augen zusammenpressen und auf die farbigen Flecken warten, die irgendwann angetanzt kommen. Nur noch vier Tage. Einen Arzttermin habe ich schon…

ARZT. NACHMITTAG.

Rieke will mich begleiten. Händchen halten, wenn der große Pieks kommt.

Es würde mir besser zu Gesicht stehen, wenn ich ein bisschen relaxter wäre, aber es geht nicht. Drei Monate habe ich auf diesen Moment gewartet, und nun sitze ich dementsprechend verkrampft auf dem schwarzen Plastikstuhl. Die Arzthelferin kommt anmarschiert, ich schiebe meinen Ärmel hoch, jetzt legt sie mir die Manschette an, nähert sich mit diesem langen Monstrum – vielleicht will sie mich umbringen –, aber nein, sie klopft bloß auf meinen blau durchschimmernden Venen herum, schiebt die Nadel in meine Haut, und schon beginnt sich die Kanüle mit dunkelrotem Blut zu füllen.

Als wir gehen, hakt sich Rieke bei mir unter.

„Du bist ja weiß wie die Wand! Hoffentlich kippst du nicht gleich um."

„Den Gefallen würde ich Paul nie tun", sage ich und meine es auch so. Irgendwie habe ich plötzlich das Gefühl, dass alles gut wird.

Rieke nimmt meine Hand und zieht mich mit sich fort.

SCHULE. VORMITTAG.

Wir sitzen gerade im Erdkunderaum und schauen uns einen Film über Dürrekatastrophen an, als wir ins Direx-Zimmer zitiert werden.

„Ach, du große Scheiße", raune ich Rieke zu, während wir rausgehen. „Mann! Soviel Arbeit und jetzt…"

Erst gestern haben wir die Homepage ins Netz geschickt.

„Reg dich ab! Du weißt doch noch gar nicht, was Heuss von uns will."

Manchmal ist Rieke wirklich mit einer unerschütterlichen Ruhe ausgestattet.

„Wenn man aus dem Unterricht gerufen wird, ist das selten ein gutes Zeichen."

„Na und? Mir hat's jedenfalls Spaß gemacht."

Mir eigentlich auch. Ganz abgesehen davon, dass mich die Internetarbeit ein bisschen von meinem Paul-Problem abgelenkt hat.

Mist, jetzt fällt mir wieder ein, dass ich später zum Arzt muss. Wegen der Ergebnisse. Das ist natürlich um einiges schlimmer, als beim Direx erscheinen zu müssen.

„Rieke? Kommst du heute Nachmittag auch wieder mit?"

„Natürlich. Ist doch Ehrensache."

Rieke drückt ganz schnell meine Hand. Obwohl sie so cool tut, hat sie Schweißhände.

Die Sekretärin Frau Fritze guckt uns etwas belämmert an, als wir das Direxvorzimmer betreten. Dabei haben wir ganz nett angeklopft.

„Herr Heuss will uns sprechen?"

„Ja, gehen Sie nur rein." Sie zupft sich ihren engen Rippenpulli zurecht.

Tür auf, Heuss guckt hoch, er lächelt ein wenig, so schlimm kann es also nicht werden.

„Ja, meine Damen …"

Leider Gottes fühlt sich mein Kopf auf einmal ganz duselig an. „Da haben Sie sich ja einen ganz schönen Klops erlaubt."

Also doch humorlos, der Mann.

„Wir wollten bloß nicht so eine Null-acht-fuffzehn Homepage designen", nimmt Rieke ihm schnell den Wind aus den Segeln.

„Das ist Ihnen in der Tat gelungen!"

Heuss schweigt, plötzlich taucht er für einen Moment unter die Tischplatte seines Schreibtisches ab, raschel, raschel, und als er wieder hochkommt, hält er irgendetwas hinter seinem Rücken versteckt.

„Gratulation, die Damen“, sagt er dann feierlich und reicht uns zwei CD-Roms. Einmal ein Englisch-Lexikon, einmal ein Französisch-Lexikon. „Etwas Besseres als Ihre wunderbar unkonventionelle Arbeit konnte unserer Schule gar nicht passieren!“

Heuss strahlt, ich bin total baff. Blick zu Rieke. Ihr Mund steht so weit offen, dass man ihn gut mit einem Sektkorken stopfen könnte.

Draußen auf dem Gang fallen wir uns wenig später in die Arme. Sieg auf der ganzen Linie! Erst als wir zurück zum Erdkunderaum gehen, wird mein Gesicht langsam wieder zu Stein.

ARZT. NACHMITTAG.

Diesmal habe *ich* Schweißhände. Außerdem zittere ich, als hätte ich bereits Aids im Endstadium. Rieke lächelt mich an, aber mein Reflex, zurückzulächeln, funktioniert nicht mehr.

„Frau Tomsen?“

Ich schrecke hoch und gehe auf Zinnsoldatenbeinen zur weiß gekleideten Frau ins Behandlungszimmer.

„Ja?“ Jegliches Blut ist aus meinem Kopf gewichen.

Negativ. Nur die sieben Buchstaben filtere ich aus einem Wust von Informationen.

„Okay“, sage ich dann und „Vielen Dank.“

Gilt der Dank wirklich der Ärztin? Nicht eher meinem Schicksal?

Zurück ins Wartezimmer, um Rieke zu holen. Komisch, aber ich kann nicht mal lachen. Gar nichts kann ich. Wie ein Roboter verlasse ich die Praxis.

AGATHAS ZIMMER. ABEND.

Schlechte Laune. Düstere Gedanken. Zwar bin ich grenzenlos erleichtert, weiß aber trotzdem nichts mit mir anzufangen. Keine Lust auf Schule, keine Lust auf nichts. Irgendwie hat mich unser Internetprojekt am Leben gehalten, das wird mir erst jetzt klar. Und wo ich nun die *lebensbedrohlichen* Probleme aus der Welt geschafft habe, kommt wieder die Erinnerung an Steffi hoch. Diesmal in verschärfter Form. Ich habe Hunger, aber keinen Appetit, am liebsten möchte ich mich nur verkriechen.

Rieke will von alldem nichts wissen.

„Wir bestellen jetzt Pizza und futtern, bis wir umfallen."

Und als ich darauf nichts sage, fügt sie hinzu: „Komm! Ein bisschen Feiern muß schon sein! Zweimal Glück an einem Tag!"

„Ja, gut." Ich bin absolut willenlos.

Eine halbe Stunde später steht der Pizzalieferant vor der Tür, bringt zweimal Quattro stagioni, einen großen gemischten Salat, eine Portion Tiramisu und eine Flasche Wein. Wir breiten alles auf meiner Matratze aus und zünden rote Kerzen an. Nach den ersten Happen geht es mir gleich besser. Sogar Riekes pausenloses Geplapper ist wieder auszuhalten. Ich mache meine Miniglotze an und schalte ziellos hin und her. Langsam füllt sich das Loch in meinem Bauch. Mit weichem Teig, fettigen Käsefäden, Salami und später leckerem Tiramisu. Ich schlüpfe unter die Decke, Rieke kommt hinterhergekrochen. Schön warm. Schön kuschelig. Wir gucken einen Krimi und halten Händchen. So könnte ich einschlafen.

Gegen elf frage ich Rieke, ob sie nicht langsam mal nach Hause müsse.

„Nö. Heute ist ein besonderer Tag."

Plötzlich pflanzt sie mir ein Küsschen auf den Mund. Sonst küssen wir uns nur auf die Wange, na gut, kann ja mal passieren… Beim nächsten Werbeblock krabbeln dann ihre Hände an meinem Nacken hoch. Sie kraulen mich sanft, wandern tiefer und massieren meine Schultern. Es ist toll, wahnsinnig schön, ich schließe die Augen und fühle ein wohlig-warmes und so vertrautes Prickeln zwischen den Beinen. Ach, du großer Schreck … Das geht doch nicht mit der besten Freundin, und eigentlich will ich es auch nicht! Aber Rieke macht einfach weiter, kümmert sich nicht darum, dass ich mich ein bisschen wegdrehe. Und warum sollte ich sie stoppen? Ihre Hände sind sowieso schon überall. Schnell und langsam, zärtlich und auch ein bisschen fordernd. Was ist mit mir? Soll ich etwa mitmachen? *Ich bin gesund! Ich lebe!* Keine zwei Sekunden später fühle ich Riekes warme, wunderbar glatte Haut … Wir ziehen uns gegenseitig aus, als ob wir das schon hundertmal getan hätten.

„Bist du dir sicher …?“, flüstere ich Rieke im Auftrag meines letzten bisschen Anstandes zu.

„Magst du nicht?“

„Doch, schon … Aber morgen …“

„Quatsch nicht rum. Heute ist heute und morgen ist morgen.“

„Aber unsere Freundschaft … Nachher machen wir alles kaputt!“

„Blödsinn.“ Sie klingt wie ein Feldwebel. „Wir sind und bleiben beste Freundinnen.“

„Und wenn ich mich in dich verliebe?“

„Wir lieben uns doch sowieso.“

Manchmal ist Riekes Logik wirklich umwerfend, und wenn ich ehrlich bin, ist mir im Moment auch egal, was morgen kommt. Bestimmt werden wir kein Paar sein, aber …

Rieke küsst mich wahnsinnig weich – es ist wie eine Belohnung für all die Angst der letzten Wochen –, dann fragt sie mich, was sie jetzt machen solle.

„Denk nicht groß drüber nach. Geht alles wie von selbst.“

Tut es dann auch. Der Fernseher dudelt nebenbei, und wir schweben irgendwo über den Wolken.

BEI AGATHA. MORGEN.

Es piept und donnert und bimmelt in meinem Ohr. Ich drehe mich um; Agatha liegt zu einer Schnecke zusammengerollt – das Telefon! Wahrscheinlich klingelt es schon seit Minuten, erst hat es sich in meinen Traum geschlichen, mein Ohr belagert – jetzt bin ich wach.

„Agatha!“ Ich fasse sie an die Schulter. „Hörst du nicht?“

Sie brummt etwas, sieht mich fast verwundert an, schält sich dann in Zeitlupentempo aus dem Bett. Ihre schöne schlanke Figur… Nun sehe ich sie mit ganz anderen Augen.

„Ja?“ Agatha steht mit dem Apparat in der Hand da und zuckt leicht zusammen. „Für dich.“

Oh, du Hölle! Ich kann es mir schon denken…

„Tut mir Leid“, sage ich vorbeugend in den Hörer. Dann geht das Gezeter los. Sie hätten sich zu Tode gesorgt, warum ich denn nicht Bescheid gesagt hätte, einfach so über Nacht wegzubleiben!

„Regt euch ab. Warum habt ihr denn nicht gleich hier angerufen?“

„Weil wir es erst heute Morgen gemerkt haben.“ Die Stimme meiner Mutter vibriert.

„Dann konntet ihr euch ja gar nicht zu Tode sorgen“, stelle ich nüchern fest.

Agatha wirft sich wieder aufs Bett und grinst mich an, während ich weiter das Gemecker an meinem Ohr ertragen muss.

„Ich bin so gut wie erwachsen! Außerdem hab euch doch gesagt, dass wir ein bisschen feiern wollen!“

Noch ein, zwei Minuten, dann hab ich Mami wenigstens soweit, dass ich auflegen kann. Agatha sieht mich erwartungsvoll an.

„Meine Mutter ist ziemlich ausgerastet."

„Die kriegt sich schon wieder ein. Frühstück?"

Schwups ist Agatha aus dem Zimmer. Kein Wort über unsere gemeinsame Nacht. Als hätte sie gar nicht stattgefunden.

Schon merkwürdig – das mit Agatha und mir. Eigentlich will ich überhaupt nichts von Mädchen, ehrlich nicht, aber dann hatte ich plötzlich das Gefühl, es müsse einfach passieren. Ob ich es nur mal ausprobieren wollte? Keine Ahnung … Jedenfalls war es schön, irgendwie ganz selbstverständlich und überhaupt nicht peinlich – aber jetzt …? Agatha ist doch meine beste Freundin, und ich stehe hundertprozentig auf Jungs. Auf Typen mit Bartstoppeln und Haaren an den Beinen, auch wenn sie oft soviel Mist daherreden …

„Rieke!", ruft Agatha mich.

Ich ziehe mir schnell mein T-Shirt über und watschele einmal quer über den Flur in die Küche. Olga sitzt morgenmuffelig am Tisch und wundert sich überhaupt nicht darüber, dass ich bei ihrer Schwester übernachtet habe. Agatha ist total aufgekratzt. Sie kocht teuflisch starken Kaffee, plappert über das Wetter, über den Song im Radio, den Bräunungsgrad des Toastes, den klebrigen Marmeladenfleck am Tischbein …

Irgendwann ist das selbst ihrer Muffelschwester zuviel.

„Schönen Tag noch", sagt sie und haut Gott sei Dank endlich ab.

Ich sehe Agatha forschend an. Zu gerne würde ich wissen, was sie gerade denkt. Doch schon bricht sie in ein etwas künstliches Lachen aus und fragt: „Na? Bleibenden Schaden gekriegt?"

Ich schüttele den Kopf. „Es war toll. Ehrlich."

„Wolltest du's nur ausprobieren?"

„Vielleicht." Ich nippe an dem Teufelskaffee. „Ist vielleicht 'n bisschen ungünstig mit der besten Freundin, was?"

Agatha lächelt. „Weißt du, was? Ich hab grad gemerkt, dass ich dich genauso wie vorher mag. Nicht mehr und nicht weniger." Sie beißt in ihren Toast, dass es kracht. „Und du kümmerst dich besser wieder um die Männerwelt."

„War ich so schlecht?"

„Nein. So gut." Agatha sagt das vollkommen ernst.

Jetzt bin ich echt verlegen.

„Ich hätte nie gewagt, dich anzufassen", meint Agatha dann noch, was die Situation nicht gerade auflockert.

Was soll ich dazu sagen? *Ich* habe es gewagt. Aus dieser wunderbar leichten Stimmung heraus…

„War es mit mir… anders?", frage ich.

Agatha sieht mich überrascht an, sie lacht reichlich befangen und nickt dann.

„Wie anders?"

„Kann ich nicht beschreiben. Hör mal, wir sind seit Jahren beste Freundinnen, du bist mir so vertraut…"

In einem Anflug von Zärtlichkeit schiebe ich meine Hand rüber und streichele ihre Fingerspitzen. Ich bin verdammt froh, dass ich sie habe!

BEI RIEKE. SPÄTER NACHMITTAG.

Meine Eltern regen und regen sich nicht ab, und ich glaube zu wissen, was in Wirklichkeit dahintersteckt: Sie verdächtigen Agatha, meine Busenfreundin – ihre Erzfeindin. Ich hätte auf ihre nervigen und penetranten Fragen nie sagen sollen, dass Agathas Matratze groß genug für zwei ist, aber Plappermaul Rieke kann ja ihren Mund nicht halten. Und jetzt muss ich die Suppe auslöffeln, die ich mir selbst eingebrockt habe.

Großer Gott, ist es denn verboten, bei seiner besten Freundin zu übernachten? Ist es verboten, wenn man mal ein bisschen Spaß haben will? Rumflippen, das Leben einfach genießen? Stattdessen muß ich mir furztrockene Moralpredigten anhören.

Ja, ja ... Bei meinen Eltern läuft alles immer schön in geordneten Bahnen: Arbeiten und essen und schlafen und wieder arbeiten – wo bleibt denn da die Freude am Leben? Aber wahrscheinlich hatten sie früher auch keinen Fun. Gleich nach der Banklehre (Mami) bzw. Polizeischule (Papi) den Erstbesten bzw. die Erstbeste geheiratet, bestimmt konnten sie sich vorher nicht mal richtig austoben – das wäre für mich der reinste Horror! Ich möchte einen Haufen Erfahrungen sammeln, bevor ich mich mal (vielleicht mit siebenundsiebzig?) in feste Hände begebe. Ich will Liebesaffären, große und kleine Gefühle, mit Agatha bis zum Umfallen Eis futtern, die Nächte durchtanzen und morgens in verruchten Cafés frühstücken, ich will jeden Tag einen Haufen Sternschnuppen auf mich niederregnen sehen, will wissen, warum ich manchmal Herzklopfen kriege und wie sich ein One-Night-Stand anfühlt.

War das mit Agatha ein One-Night-Stand? Irgendwie schon und irgendwie auch nicht. Vielleicht musste ich ihr einmal zeigen, wie gerne ich sie habe, ein schönes Rumprobieren, aber wir sollten es nicht wiederholen ...

Ich hätte gerne ein Abenteuer mit einem richtigen Helden! Mit einem Filmschauspieler. Oder mit einem Popstar. Wie wär's mit diesem Typ von den *Ratten*? Nur mal zum Beispiel. Auf jeden Fall mit einem Kerl, der in der Öffentlichkeit steht, und mit dem man aus genau diesem Grund auch nicht richtig liiert sein möchte. Exakt das Richtige für einen One-Night-Stand. Die meisten Mädchen, die ich kenne, finden so etwas bescheuert, aber warum eigentlich? Es ist doch spannend! Prickelnd wie Cola, die man frisch aufgemacht hat.

Letztes Jahr meine Halbehe mit Bob. Irgendwie war es sterbensöde. In der Woche traf man sich mal auf eine heiße Schokolade in der Eisdiele, am Wochenende saß man vor der Glotze, Langeweile pur. Keine flammenden Liebeserklärungen, nicht mal lauwarme!

Das ist nichts für mich. Ich bin so hungrig aufs Leben, dass ich kaum stillsitzen kann. Keine Ahnung, warum Agatha manchmal alles so verbissen sieht. Liebe ja, aber am besten für immer und ewig. Und dann die Karriere am Theater! Die wird jetzt schon in allen Einzelheiten geplant, obwohl noch so viel dazwischen kommen kann.

Ich bin da eher entspannt. Und sowieso – Erfolg ist für mich ein Fremdwort. Was nützt mir denn der Erfolg, wenn ich sonst keinerlei Spaß habe? Okay, Geld muss ich eines Tages wohl auch verdienen, ganz bestimmt sogar, schließlich sind meine Eltern nicht gerade vermögend ... Aber darüber mache ich mir frühestens in zwei Jahren Gedanken. Was mir viel mehr Kopfzerbrechen bereitet: Am liebsten würde ich von zu Hause ausziehen, sobald ich volljährig bin. Raus aus dem Mief, wobei ich jetzt schon weiß, dass Mami und Papi im Dreieck springen werden!

BEI RIEKE. ABEND.

Heute abend bleibe ich brav zu Hause und spiele das Unschuldslamm. Aber natürlich erst, nachdem ich ein paar Klassenkameradinnen durchtelefoniert habe. Tote Hose, niemand hat Zeit, mit mir auf die Piste zu gehen. Agatha will für ihre Eltern kochen, die heute aus Was-weiß-ich-wo zurückkommen, Pia muß auf ihren kleinen Bruder aufpassen, und Nele geht mit ihrem Freund ins Kino. Für mich eine günstige Gelegenheit, so zu tun, als täte ich nichts lieber, als mit meinen Eltern vor dem Ferni abzuhängen und eine stinklangweilige Medizinreportage zu gucken. Seit ich denken kann, streiten wir uns wegen des Fernsehprogramms. Meine Eltern sehen mit Vorliebe alles, wobei man nach spätestens zwei Minuten einschläft (was die beiden meistens auch tun, ohne jedoch die Konsequenzen zu ziehen und ins Bett zu gehen). Ich hingegen stehe auf knallharte Krimis oder auf Melodramen, wo der Schmalz nur so trieft. Aber jetzt diese lahme Sendung, in der es um Blähungen bei Säuglingen geht – der reinste Horror! Mami findet die Reportage natürlich hochspannend. Sie nippt an einem Glas Rotwein und gibt derweil Bläh-Erlebnisse aus ihrer eigenen Biographie (sprich aus meiner Babyzeit) zum Besten, während Papi in einer Zeitschrift blättert und mir einen Artikel über junge Karrierefrauen an der Börse hinhält.

„Das wirft doch die Frage auf, was mal aus dir wird", sagt er und hat dabei seinen so heißgeliebten ironischen Unterton.

„Osterhäsin oder Weihnachtsfrau", maule ich. Dass ich später Sprachen studieren will, haben sie wohl schon vergessen.

„Sehr komisch", meint Papi.

„Ich dachte, wir hatten mal abgemacht, dass ihr bis zum Abi nicht rumnervt!"

„Erstens nerve ich nicht rum und zweitens ist es nur sinnvoll, wenn man sich rechtzeitig was überlegt." Wie um sich Unterstützung zu holen, stößt er Mami in die Seite.

„Lass sie doch. Ich hatte in ihrem Alter überhaupt keinen Schimmer, was ich mal ..."

„Ich versteh euch nicht", unterbricht Papi sie. „Ihr habt heutzutage alle Chancen der Welt und dennoch kommt nicht mehr als eine Null-Bock-Generation dabei heraus."

„Informier dich doch mal richtig!", motze ich los. „Die Null-Bock-Kids gibt's schon lange nicht mehr. In unserer Klasse sind 90 Prozent total karrieregeil."

„Und du gehörst zu den zehn Prozent ...?"

„Genau. Weil ich erst mal *leben* will!"

Papi zieht seine Theo-Weigel-Augenbrauen hoch. „Leben geht aber nicht ohne Ausbildung und ohne Geld."

„Mensch, Papi!"

Aber mein Vater ist nicht mehr zu bremsen. „Glaubst du vielleicht, mein Wunschtraum war es seit Kindesbeinen zur Polizei zu gehen?", ereifert er sich. „Und was soll das überhaupt heißen – *Leben wollen*?"

Trotzig verschränke ich die Arme und gucke auf den Bildschirm. Ich denke gar nicht daran, Vater meine intimsten Gedanken zu verraten.

„Na, los!"

Jetzt fängt er auch noch an zu sticheln! Denkste Dad, da hast du dich geschnitten!

„Siehst du! Jetzt weißt du nicht weiter."

„Quatsch! Ich muss dir schließlich nicht alles auf die Nase binden!"

„Martin!" Mami hat sich endlich von der Mattscheibe gelöst. „Rieke wird schon ihren Weg gehen – da hab ich vollstes Vertrauen."

Danke, Mami.

„Ich hab ja nie behauptet, dass sie nicht ihren Weg machen wird, aber sie könnte sich ja netterweise mal rechtzeitig Gedanken machen."

„Hast du das denn damals getan?", fragt Mama und schenkt sich Wein nach.

Okay. Riecht ganz nach Ehekrach im Frühstadium – das muss ich mir wirklich nicht antun. Ich nutze die Gunst der Stunde und verziehe mich in mein Zimmer.

Hilfe, Agatha! Ich vermisse dich!

STADTHALLE. ABEND.

Sie hatte keine andere Wahl, als mitzukommen. Nachdem ich schon mein ganzes Taschengeld für zwei Karten ausgegeben habe. Okay, Agatha steht nicht besonders auf die *Ratten*, was ich aus musikalischen Gründen auch durchaus nachvollziehen kann, aber dieser Sänger ist einfach umwerfend! Er springt da oben auf der Bühne hin und her und bewegt sich wie ein richtiger Superstar. Manchmal schaut er in die Menge, er dreht seinen Kopf sogar in meine Richtung, aber ich werde doch nicht allen Ernstes so naiv sein und glauben, dass er mich meint...

Trotzdem finde ich, dass ich mir so eine kleine Schwärmerei ruhig noch mal erlauben kann, sozusagen zum Ausklang meiner Teeniezeit, und wenn ich damit durch bin, denke ich vielleicht mal ernsthaft darüber nach, ob ich langsam erwachsen werden will.

„Findest du dieses Gekreische eigentlich gut?", schreit Agatha neben mir. Sie sieht richtiggehend verzweifelt aus. „Die haben sich ja kein Stück weiterentwickelt!"

Klar kenne ich auch bessere Musik als dieses angegrungte Provinzzeug, trotzdem ist es doch keine Strafe hier mal eine Stunde auszuharren. Zumal sie nichts bezahlen mußte.

„Wie lange dauert das denn noch?", nervt Agatha lautstark weiter.

„Aua! Mein Trommelfell!" Langsam werd ich wirklich sauer. „Dann geh doch raus und warte draußen auf mich!"

Was Agatha prompt tut. Sie drängelt sich nach hinten durch die Menge, während ich krampfhaft versuche, meinen Rampenplatz zu behaupten. Es scheint in diesem Kaff noch mehr Mädels zu geben, die auf den *Ratten*-Sänger stehen, was ja auch kein Wunder ist. Er sieht einfach spitze aus. Halblange, gewellte Haare, braune Knopfaugen, dazu diese abgefahrene silbrige Jacke – der Wahnsinn!

Große Frage: Wie erregt man in einer Menge kreischender Teenies die Aufmerksamkeit des Sängers auf der Bühne? Ihm Kusshände zuwerfen? Exaltiert tanzen? Wahrscheinlich hat Agatha Recht: In meinem Alter mache ich mich als hopsendes Groupie nur lächerlich. Außerdem ist die Musik wirklich scheußlich. Gut – gehe ich eben auch raus.

Im Foyer kommt mir Agatha schon mit unseren Jacken entgegen.

„Also doch rausgeschmissenes Geld", sagt sie trocken und hakt mich unter.

Blöde Besserwisser-Tante!

LATERNA MAGICA. ABEND.

Darauf brauchen wir erst mal eine Cola. Das schlechteste Konzert des Jahres muss schließlich begossen werden. Im Eiltempo in die Laterna Magica. Agatha lacht und meint, hoffentlich sei ich jetzt endgültig geheilt. „Obwohl, na ja… Eigentlich siehst du noch ziemlich liebeskrank aus!"

„Quatsch!" Ich sage das so vehement, dass ein Spuckespritzer auf Agathas Hand landet. „Glaubst du, ich mein das wirklich ernst mit dem? Der Typ ist allenfalls affärentauglich. Wenn überhaupt…"

Als die Colas kommen, trinke ich in schnellen, gierigen Zügen.

Agatha stützt derweil gelangweilt ihre Ellenbogen auf der Tischkante ab, läßt sich dann nach vorne rutschen, bis sie mit dem Oberkörper platt auf dem Tisch liegt.

„Sag mal… Warum muss das ausgerechnet so ein Popheini sein?"

„Weil mir im Moment niemand anderes gefällt. Nicht mal optisch…"

„Da haben wir fast dasselbe Problem." Agatha sieht mich auf einmal ganz merkwürdig an. Hätte ich es etwa doch nicht darauf anlegen sollen? Was, wenn sie denkt, mit dir würde ich schon zusammensein wollen, du gefällst mir, aber jetzt gehen wir besser zur Tagesordnung über, weil du ja sowieso auf diesen Provinzsänger stehst? Vielleicht war es doch ein Fehler, sie zu verführen. Vielleicht bringt es eine Freundschaft nun mal durcheinander, wenn man Dinge miteinander tut, die eigentlich Liebespaaren vorbehalten sind.

Und dann passiert folgendes: Die Tür geht auf, und die *Ratten* kommen rein, im Schlepptau ein paar Mädchen. *Er* ist auch dabei. Läuft direkt an mir vorbei, die schnatternden Gänse hinter ihm her – wie Pik Sieben sitze ich da und muss mir diese Nummer auch noch aus nächster Nähe ansehen. Schon verteilt sich die Band an der Bar und palavert mit großen

Gesten herum, als bestehe sie aus mindestens fünf griechischen Halbgöttern.

Verdammt und zugenäht und bitte lass das Gegrinse, Agatha!

Entweder verlasse ich jetzt sofort den Laden oder ich mache doch noch irgendwie auf mich aufmerksam. Aber wie nur? Soll ich etwa einen hysterischen Weinkrampf kriegen? Vor ihm auf- und abstolzieren? Das Alphabet rückwärts aufsagen? Hilfe, so wird das nichts. Ich beuge mich vor und frage Agatha leise, wie sie es anstellen würde.

„Gar nichts würde ich anstellen. Nicht bei diesem Deppen."

„Dann lass uns jetzt gehen."

„Wahnsinn! Du hörst auf mich? Gerade eine Erkenntnisstufe nach oben geklettert?" Ich weiß nicht, ob ich es mir nur einbilde, aber irgendwie kommt mir Agatha seit unserer gemeinsamen Nacht immer ein bisschen zickig vor.

Ich erwidere nichts und ziehe sie, nachdem wir Kleingeld auf den Tisch gelegt haben, rasch nach draußen. Vielleicht bin ich ja doch auf der Suche nach der ganz großen Liebe und weiß bloß nichts davon.

DIE NÄCHSTEN TAGE

Was zur Zeit in der Schule abgeht, interessiert mich so kurz vor den Sommerferien herzlich wenig. Ich denke nur noch an die sogenannten unernsten Dinge des Lebens. Schwimmen gehen, in der Stadt herumlaufen und Sachen anprobieren, die laue Luft küssen, Jungs ebenfalls, drei heiße Schokoladen hintereinander trinken. Ich bin glücklich und unglücklich zugleich. Äußerlich gesehen stimmt zwar alles in meinem Leben, aber irgendwie läßt sich mein Riesenhunger gar nicht mehr stillen.

Aus einer Laune heraus beschließe ich, mir einen Job zu suchen…

LATERNA MAGICA. FRÜHER NACHMITTAG.

„Zweimal die Woche nachmittags würde schon reichen." Ich sehe den Chef an und versuche besonders nett zu lächeln.

„Du müsstest Gläser spülen und in der Küche zur Hand gehen. Wenn Not am Mann ist, auch mal servieren."

„Klar, mach ich."

Ich strahle wie ein Honigkuchenpferd. Mein erster richtiger Job – das macht mich für einen Moment wirklich happy.

„Kannst du gleich anfangen?"

„Gerne." Ich fühle mich zwar etwas überrumpelt, aber die Aussicht, ein bisschen Geld zu verdienen, ist wirklich sehr verlockend. Der Chef drückt mir eine lange, weiße Schürze in die Hand, dann stellt er mir meine Kolleginnen Ivi und Lena vor. Ivi finde ich gleich total sympathisch. Sie ist quirlig und lacht viel und sieht mit ihren vielen Sommersprossen aus, als habe sie immer gute Laune. Lena macht einen ruhigeren Eindruck. Ich weiß nicht, ob ich sie arrogant finden soll mit ihren Audrey-Hepburn-Rehaugen, die einen immer so kritisch mustern.

Während Lena hektisch zwischen dem Tresen und den Tischen hin- und herrennt, weist Ivi mich in die Kunst des Gläserabtrocknens ein. So lange an ihnen rumwienern, bis kein Wasserfleck mehr zu sehen ist. Und sie immer wieder prüfend gegen das Licht halten!

Gut gelaunt mache mich an die Arbeit. Derweil hält mir Ivi einen Vortrag über Musik. Ivi steht auf Techno – sie kennt sich ziemlich gut in der Szene aus und fährt auch immer zur Love Parade nach Berlin.

„Komm doch mal mit ins *MÄX*", schlägt sie vor.

„Ja, gerne."

„Heute nach der Arbeit?"

„Okay", sage ich. Es gibt ja selten genug Menschen, mit denen man spontan losziehen kann. Mit meinen Klassenkameradinnen muss ich solche Aktionen oft Jahre im Voraus planen.

Ich spüle und spüle und trockne ab und trockne ab ... Mami wäre begeistert, wenn sie sehen könnte, wie ich die Dinger auf Hochglanz bringe. Obwohl es immer dasselbe ist, wird mir die Arbeit nicht langweilig. Es gibt so viel zu gucken. Leute kommen rein und gehen wieder raus, die Minuten fliegen nur so dahin. Klasse Job. Und die Sache mit dem *Ratten*-Sänger habe ich vorerst abgehakt. Oberstes Prinzip im Leben: Sich ja nicht von Gefühlen abhängig machen!

CLUB. ABEND.

Ivi quasselt wirklich wie eine Wahnsinnige – ein bisschen viel für meinen Geschmack und ziemlich durcheinander. Nichts Weltbewegendes, eher Details aus ihrem Alltag. (der Kühlschrank war neulich kaputt, stell dir vor, da gab's nicht mal kalte Cola ...) Als Ivi tanzen geht, rufe ich Agatha aus einer Telefonzelle vorm Club an.

„Jaaa?" Sie hört sich total verpennt an.

„Hör mal, ich bin grad mit einer Arbeitskollegin im *MÄX*."

„Rieke! Ich schlafe!"

„Tust du nicht. Oder schlafwandelst du?"

„Irrsinnig komisch ..."

„Du, es ist wirklich ziemlich klasse hier ... Ich dachte nur, vielleicht hast du auch Lust zu kommen."

„Nö."

„Hopp, hopp! Raff dich auf!"

„Na, guuut", mault Agatha. „Wenn's sein muss."

Yippie! Ich habe sie rumgekriegt!

Eine halbe Stunde später steht Agatha tatsächlich auf der Matte. Glücklich falle ich ihr um den Hals.

„He, ich lad dich auf einen Drink ein! Ganze 60 Mark hab ich heute verdient."

Während ich mich an der Bar anstelle, will Agatha wissen, ob der Job in der Laterna nicht sturzlangweilig sei.

„Überhaupt nicht." Manchmal ärgert mich ihre großkotzige Einstellung zum Thema Jobs. Es soll nun mal Leute geben, die von zu Hause nicht so üppig mit Kohle ausgestattet sind und denen es im übrigen auch nichts ausmacht, Gläser abzutrocknen.

„Wo ist denn deine Kollegin?"

Ich zeige auf die Tanzfläche, wo Ivi wie ein Gummiball auf- und abhüpft, drücke ihr dann ein alkoholfreies Bier in die Hand.

„Nett?"

Ich nicke. „Manchmal quatscht sie zwar 'n bisschen viel, aber dann geht die Zeit schneller rum."

„Ich würd so gerne eine qualmen." Agatha verschwindet kurz, um ein paar Typen anzuschnorren. In solchen Dingen ist sie hemmungslos. Eine Minute später kommt sie mit zwei Zigaretten zurück. „Auch eine?"

Ich schüttele den Kopf. „Find ich blöd, dieses Schmarotzen."

„Wieso? Die Typen haben das doch nicht anders verdient."

Ich fühle mich plötzlich unwohl. Agatha scheint ziemlich mies drauf zu sein – vielleicht hätte ich sie doch nicht herbestellen sollen. Manchmal bringt sie solche Aktionen: Erst schleimt sie irgendwelche Jungs an, und wenn sie sie dann anbaggern, beschimpft sie sie aufs Übelste.

Ivi kommt angefedert und fährt sich durch die verschwitzten Haare.

„Hi", sagt sie zu Agatha und mustert sie. „Sag mal… Kenne ich dich nicht irgendwoher?"

Agatha schaut Ivi an, Ivi Agatha, sie starren sich eine Weile an, und schließlich sagt Ivi: „Ich bin übrigens… Ivi."

Was dann passiert, ist zu absurd, um es wirklich zu glauben.

Agatha reicht Ivi die Hand, sie lächelt dabei zuckersüß, und ganz urplötzlich dreht sie ihr den Arm um. Einfach so. Ivi schreit auf, schon stürmt Agatha nach draußen.

„Deine Freundin ist ja verrückt!", schreit Ivi mit Tränen in den Augen.

Ich bin wie gelähmt.

„Klapsmühlenreif!"

Endlich finde ich meine Sprache wieder. „Soll ich dich nach Hause bringen?"

Ivi schüttelt den Kopf. „Ich nehm mir ein Taxi."

Sie geht, dreht sich noch einmal um. „Komplett durchgedreht ist die!"

STRASSE. NACHT.

Agatha ist nirgends zu sehen. Entweder hat sie gerade noch den Bus erwischt oder sie rennt vor bis zur nächsten Haltestelle. Das macht sie gerne mal, wenn sie sich wegen irgendwas abreagieren will. Mir bleibt nichts anderes übrig als auf den Sieben-nach-Bus zu warten. Garantiert werde ich sie noch einholen, und dann gnade ihr Gott!

Ziemlich kalt. Der absolute Horror, hier im Wind zu stehen und darüber nachzudenken, warum die beste Freundin auf einmal so durchgeknallt ist. Weiß der Teufel, was sie hat!

Zwei Stationen später steigt Agatha tatsächlich zu.

„Was sollte denn *die* Nummer?", schnauze ich sie an, während sie erschöpft neben mir auf den Sitz sinkt.

„Das war Ivi."

„Ja und? Ich weiß."

„Ivi! Die Tussi, die sich Steffi gekrallt hat!"

„Woher willst du das wissen?"

„Ach!" Agatha schreit fast. „Du glaubst also, in unserem Kaff laufen tausend Ivis rum! Außerdem kannte sie mich!"

„Komm, reg dich ab!" Ich greife nach ihrer Hand und halte sie fest. „Und wenn schon… Das ist doch noch lange kein Grund, ihr fast den Arm zu brechen!"

Agatha rutscht tiefer und lässt ihren Kopf auf meine Schulter fallen. „Ich hab ihr bestimmt ziemlich wehgetan, was?"

Wir ruckeln durch die Nacht. Regentropfen an der Fensterscheibe.

„Du musst dich bei ihr entschuldigen."

„Ja, muss ich wohl."

LATERNA MAGICA. NACHMITTAG.

Ivi grinst mich fröhlich an, als ob nichts passiert wäre.

Als ich ihr erzähle, warum Agatha so ausgerastet ist, erstirbt ihr Lächeln.

„Was kann ich denn dafür? Steffi hat sich in mich verliebt und ich mich in sie."

„Natürlich bist du nicht schuld. Aber Agatha hat das bis heute nicht verdaut."

Ivi sieht mich aus blauen Kinderaugen an.

„Ich bin ihr nicht böse. Sag es ihr ruhig. Es gibt so wenig Menschen, die liebestechnisch noch richtig ausflippen können."

Ivi hat recht. Wann war ich eigentlich schon mal so verliebt, dass ich meiner Konkurrentin den Arm hätte umdrehen mögen?

Etwas deprimiert mache ich mich an die Arbeit. Eine ganze Ladung Gläser muss vom Tablett in die Geschirrspülmaschine geräumt werden.

Ivi legt mir von hinten die Hand auf die Schulter.

„War wirklich nicht so schlimm, ehrlich."

„Agatha ist eine klasse Frau", sage ich monoton.

„Glaube ich dir."

Der Geruch von frischem Kaffee steigt mir in die Nase. Ivi hat gerade eine dieser Riesen-Espresso-Beutel aufgeschnitten und den Inhalt in den Kaffeebehälter gefüllt. Jetzt stellt sie zwei Cappuccinotassen unter das Filtersieb und wirft die Maschine an.

„Weißt du was?" Sie dreht sich kurz zu mir um. „Steffi hätte sich sowieso von ihr getrennt."

„Wie kommst du darauf?"

„Ich war nur der Auslöser, nicht der Grund. Schätze, Steffi

brauchte dringend mal 'ne Abwechslung. Von mir hatte sie nach zwei Wochen auch schon wieder die Nase voll."

„Echt?" Ich lasse fast ein Glas fallen, während Ivi in aller Seelenruhe die Milch heiß macht.

„Ja, weiß Agatha das denn nicht?", fragt sie ungläubig.

„Mir hat sie gesagt, zwischen euch sei die ganz große Liebe ausgebrochen."

„Dann behalt's besser für dich." Ivi füllt die aufgeschäumte Milch in die beiden Tassen. „Kannst du mal eben servieren? Lena ist wohl auf dem Klo verschollen."

Ich stelle die Tassen auf ein Tablett. „Welcher Tisch?"

„Vier."

Premiere! Zwei, drei Meter gehe ich, da verläßt mein Herz wie auf Kommando seinen angestammten Platz und puckert irgendwo in der Magengrube weiter. Der Typ von den *Ratten* sitzt an Tisch vier, neben ihm irgendein Kerl, nur noch zwei Schritte, dann stolpere ich und lege mich samt Tablett auf die Nase. Ein Gescheppere und Gepoltere, dazu ein stechender Schmerz in meiner Hand – oh, du Hölle!, – heißer Kaffee läuft in meinen Ärmel.

Ivi ist sofort an Ort und Stelle und hockt sich neben mich. „Hast du dir weh getan?"

„Glaub nicht." Merkwürdig, aber der Schmerz ist tatsächlich weg, nur in meinem Kopf pulsiert das Blut wie verrückt. Umständlich rappele ich mich hoch und schaue in zwei braune Knopfaugen. Ein Gefühl zum Ohnmächtigwerden! Und dabei sehe ich so grässlich aus! Kaffeebeschmiert und tomatenrot im Gesicht – was für eine Blamage!

„Alles in Ordnung?" Das war die Ratte.

„Ja. Ja..."

Eilig räume ich ein paar Scherben zusammen, düse dann an Ivi vorbei, die gerade Eimer und Lappen geholt hat, direkt ins Büro des Chefs.

„Ich bin gestürzt, und zwei Tassen sind kaputt, die möchte ich erstatten … Darf ich jetzt bitte in die Pause gehen?" Ich weiß, ich mache mich mit meiner Haspelei ziemlich lächerlich, aber die Ratte hat mich einfach komplett durcheinandergebracht.

„Nun mal keine Panik." Der Chef ist wirklich nett. „So was kommt vor."

Raus bin ich. Ivi ruft hinter mir her, aber ich will nur weg.

Da findet man schon mal einen Typen toll, und schon blamiert man sich bis aufs Hemd!

RIEKES ZIMMER. NACHMITTAG.

Das Telefon klingelt. Agatha ist dran.

„Warum warst du nicht in der Laterna?"

„Wieso? Warst *du* da?"

„Ja. Ich hab mit Ivi geredet."

„Hat sie dir nicht erzählt, dass ich mich der Länge nach hingelegt habe?"

Eine kleine Pause entsteht.

„Nein." Agatha klingt irgendwie schleppend.

„Sag bloß, du hast gekifft?"

„Wie kommst du darauf?"

„Agatha! Stell dir vor!", plappere ich einfach weiter, „ich hab die Chance meines Lebens verpasst!" In unzusammenhängenden Sätzen berichte ich ihr von der peinlichen Begegnung mit der Ratte, aber Agatha reagiert überhaupt nicht. Irgendetwas stimmt da nicht.

„Hör mal – was ist eigentlich los?"

„Nichts!" Agatha gickelt in den Hörer.

„Das erzähl von mir aus deiner Oma!"

„Wirklich – alles paletti!" Wieder sekundenlanges Schweigen. Dann: „Kann nur sein, dass ich mich verliebt habe." Sie sagt es so beiläufig, als habe sie statt Butter aus Versehen Margarine gekauft. Mir fällt erst mal gar kein Text ein.

„Willst du gar nicht wissen, in wen?"

„Doch. Natürlich."

„Ivi."

Das haut mich tatsächlich von den Socken. Agatha und Ivi. Agatha und ihre Erzfeindin, die ihr die große Liebe weggeschnappt hat!

„Bist du auch wirklich klar im Kopf?"

„Ich war noch nie so klar. Kann ich dich später nochmal anrufen?"

„Ja …"

Schon hat sie aufgelegt.

Ich stehe mit dem tutenden Hörer im Wohnzimmer rum und betrachte meine Fingernägel, die nicht besonders gepflegt aussehen. Ein leises Gefühl von Eifersucht beschleicht mich. Was ist bloß los? Gönne ich meiner Freundin etwa nicht, dass sie sich Hals über Kopf verliebt? Habe ich Angst, dass Ivi mir ein Stück von Agatha wegnimmt?

Agatha ruft erst gegen halb elf noch mal an.

„Ich bin so durcheinander!", kichert sie.

„Das hab ich gemerkt."

„Kannst du nicht kommen und bei mir übernachten?"

„Dann dreht meine Family nur wieder durch."

„Bitte!"

„Ehrlich gesagt würde ich mir die nächste Katastrophen-Nacht lieber für jemanden wie den Typ von den *Ratten* freihalten."

Ich weiß, es ist nicht ganz die feine Art, aber Agatha wird mich schon verstehen.

„Also, dann …"

„Lass uns morgen frühstücken gehen", schlage ich vor.

CLUB. NACHT.

Ich kann nicht schlafen. Gegen zwölf stehe ich auf und schleiche mich aus der Wohnung. Hoffe und bete, dass meine Eltern nichts mitkriegen. Ich muss so viel loswerden, und das funktioniert am besten beim Tanzen. Im *MÄX* ist der Teufel los. Schnurstracks gehe ich auf die Tanzfläche, aber erst, als ich so richtig durchgeschwitzt bin und mein Herz rast, fühle ich mich einigermaßen okay und genehmige mir ein Wasser an der Bar. Ich gucke links und rechts, vielleicht entdecke ich ja jemanden, der mir für eine Nacht gefährlich werden könnte.

Das wär schön! Wieder mal dieses wahnsinnige Prickeln zu erleben … Du tanzt mit ihm, guckst ihm tief in die Augen und siehst, wie er schon auf dich abfährt. Du hältst es nicht mehr aus, nur raus aus dem Laden, klar hat der Typ eine eigene Wohnung, den Sekt schon kaltgestellt, Kondome liegen unterm Kopfkissen parat … Halt, stop! Alles zu sehr eingefädelt! Die Romanze muss spontan kommen, es darf kein Typ sein, der One-Night-Stands sammelt. Besser, ich überrumpele den Jungen, so dass er sich nur noch wundert … Stop, halt! Viel zu riskant! Wir wollen uns ja nicht verlieben, das war doch abgesprochen! Einen Mordsspaß wollen wir haben, und hinterher geht man schnell wieder auseinander … Bloß keine tiefen Gefühle, keine Verantwortung und keine Tränen. Nie möchte ich so leiden wie Agatha wegen Steffi.

Ich schaue mich um, aber leider sieht es ziemlich finster aus. Nur uninteressante Typen. Okay, gehe ich noch eine Runde tanzen, und dann ab nach Hause. Mutter wird wahrscheinlich aus dem Schlafzimmer getobt kommen und sich aufregen, während ich mich wie ein geprügelter Hund in mein Zimmer schleiche und einsam in mein Bett steige. Heul, schluchz! Vielleicht wäre ein richtiger Freund doch nicht schlecht. Einer, der mir kleine Küsschen auf die Halsgrube presst und sich nicht schämt, mir eine Liebeserklärung zu machen.

LATERNA MAGICA. NACHMITTAG.

Unmöglich!

Es ist unmöglich, mit dieser neuen Ivi zusammenzuarbeiten, die bis über beide Ohren in meine beste Freundin verknallt ist. Ich halt das im Kopf nicht aus! Sie grinst die ganze Zeit über, knufft mich in die Seite, nippt hektisch an ihrer Cola, und wenn sie damit gerade fertig ist, raucht und qualmt und pafft sie. Ein paarmal kommt sie angetanzt, total überdreht, und bedankt sich überschwenglich bei mir.

Wofür denn? Dass Agatha ihr den Arm umgedreht hat? Hoffentlich bin ich jetzt nicht bei den beiden abgemeldet, das wäre schon eine harte Sache. Zumal ich im Moment sowieso nicht gerade vom Glück gehätschelt werde. Es passiert einfach nicht das, was ich mir erträume! Ich will Abenteuer und dass sich die Jungs auf der Straße nach mir umdrehen, sie sollen sich prügeln, nur um einen Kuss von mir zu ergattern. Und was ist Tatsache? Kein Schwein interessiert sich für mich! Ich gehe einfach leer aus, während alles um mich herum balzt und turtelt.

„Was guckst du so sauertöpfisch?“ Lena kommt mit zwei Thunfischsalaten aus der Küche.

„Ich gucke ganz freundlich!“, pflaume ich sie an. Geht sie vielleicht mein Gesichtsausdruck was an?

Später taucht Agatha auf. Sie haucht mir ein Kaugummi-Küsschen auf die Wange, bevor sie mit Ivi weiß-der-Himmel-wohin verschwindet. Drei Minuten später sind die beiden wieder da. Kann ja nicht lange gedauert haben, die Knutscherei.

„Gehst du später noch mit uns aus?“, fragt Agatha. Sie hat sich in ihrem Liebesglück zuviel Gel in die Haare geschmiert, so dass sie jetzt wie fettig aussehen.

„Weiß nicht …“

„Na, los!“ Agatha zupft an meinem Ärmel rum. „Ich raff mich für dich sogar auf, wenn du mich nachts aus dem Bett klingelst!“ Agatha und Ivi grinsen sich verschwörerisch an.

„Mal sehen." Im Moment graut mir nur davor, dass Agatha hier jetzt zwei Stunden hockenbleibt, Ivi anhimmelt und mir vielleicht noch erzählt, sie habe schließlich schon immer gewusst, dass die Sache mit Steffi keine richtige Liebe war. O je!

NACHTLEBEN.
Ich habe mich breitschlagen lassen, obwohl ich unmöglich aussehe. Strähnige Haare, total langweiliges Outfit. Im *MÄX* ist um halb elf überhaupt noch nichts los, also ziehen wir rüber ins *Nach acht*. Nur ein paar einsame Gestalten sind auf der Tanzfläche. Scheint heute nicht gerade eine Ausgeh-Nacht zu sein. Ivi und Agatha lassen sich zwecks Händchenhalten in die roten Polster fallen, ich gehe tanzen. Keine Lust, das fünfte Rad am Wagen zu sein.

Ich tanze rasend gerne. Ein schweißnasser Wahnsinn, mit nichts zu vergleichen. Aber heute ist es anders, kein einziger Schweißtropfen will kommen. Kummer…, Neid…, Frust… – was weiß ich.

Nach einer halben Stunde mache ich Schluss. Ich sage nur rasch Agatha und Ivi Bescheid.

„Ach, trink doch noch was mit uns!"

Die beiden sehen so glücklich aus. Als würden sie gleich gemeinsam abheben.

„Seid mir nicht böse, aber ich bin hundemüde."

Ich werfe ihnen zwei Luftküsse zu, schon kämpfe ich mich Richtung Ausgang. Und dann… Das ist doch die Ratte! An seiner Seite ein anderer Typ aus der Band. Sie steuern direkt auf mich zu, ich kann nicht mehr ausweichen. Herzklopfen. Ich bleibe einfach stehen und schaue ihn an.

Die Ratte lacht. „Dich kenne ich doch…"

„Oh nein", entfährt es mir.

„Oh doch!"

Der andere Typ geht an uns vorüber und grinst reichlich

blöd, während die Ratte und ich uns einfach nicht von der Stelle rühren.

„Ich kenne kein Mädchen, das so süß aussieht, wenn es sich auf die Schnauze legt." Die Ratte sagt das mit kratziger Stimme und reckt dabei ihren Kopf ein wenig nach vorne.

„Und ich kenne niemanden, der gerade so rot wird wie ich", höre ich mich sagen. „Aber ich spekuliere auf das Schummerlicht. Vielleicht merkt's gar keiner..."

Die Ratte fängt lauthals an zu lachen.

„Du bist nicht rot!"

„Wirklich nicht?"

„Eher violett." Er lacht immer noch. „Magst du tanzen? Das lenkt ab."

„Okay!"

Ich drängele mich zurück durch die Menschenmenge, sehe Agatha und Ivi in ihrer Ecke knutschen. Die Ratte und ich! Von allen Mädchen auf dieser Veranstaltung habe nur ich das unverschämte Glück... Mein Kopf ist glühendheiß, ein Ballon kurz vorm Platzen. Wir tanzen. Er bewegt sich wie ein Gott, schnell und rhythmisch, klar, dass ich mich bemühe, eine entsprechende Göttin abzugeben.

„Wo sind denn deine Fans?", frage ich.

„He, du kennst die *Ratten*?"

Statt zu antworten, drehe ich mich einmal um die eigene Achse. Ich könnte ihm sagen, dass ich seine Musik nicht ausstehen kann, lasse es aber bleiben.

„Wie heißt du?"

„Rieke."

„Ich bin Bob. Komm, ich spendier einen Drink."

Er fasst mich um die Taille und schiebt mich Richtung Bar.

„Dein richtiger Name?"

Bob schüttelt den Kopf. „Eigentlich heiße ich Bernhard, aber ich hasse den Namen."

Ich kichere ein bisschen blöd, verrate ihm aber nicht, dass ich eigentlich Friederike heiße, was ich um einiges blöder als Bernhard finde.

„Perrier Menthe?", fragt Bob in so astreinem Französisch, als sei er in Franreich aufgewachsen.

„Gerne." Keine Ahnung, was das überhaupt sein soll.

Kurz darauf stehen zwei Gläser mit einer waldmeistergrünen Flüssigkeit vor unserer Nase. Wir stoßen an, lächeln einmal, lächeln zweimal – das Zeug schmeckt klasse nach Gurgelwasser.

„Du hast hübsche Hände", sagt Bob jetzt. Er hat sich tatsächlich in den Anblick meiner spindeldürren Flossen versenkt.

Ich kippe fast hintenüber, weiß nicht, was ich tun kann, außer weiterhin idiotisch zu grinsen. Okay – immer schön die Fassung wahren … Vielleicht fährt der Typ jeden Abend die gleiche Schiene.

Dann reden wir über Musik, das heißt, eigentlich redet Bob die ganze Zeit. Er erzählt, wie sie vor zwei Jahren die Band gegründet haben, er und drei Freunde, später hat er dann die Schule geschmissen, um nur noch Musik zu machen.

„Musik ist mein Leben", sagt er mehr als einmal und schaut dabei so versonnen drein, als würde er gleich sich selbst einen Heiratsantrag machen.

„Du hast es ja auch geschafft", sage ich und lege für den Bruchteil einer Sekunde meine Hand auf seinen Unterarm.

„Na ja …" Sein Gesicht hat auf einmal etwas Verkniffenes. „Finanziell sind wir ganz schön am Rumkrebsen. Die paar Konzerte … Was uns fehlt, sind die ganz großen Auftritte!"

Kaum zu glauben. Ich dachte immer, dass Leute, die wie er richtig professionell auf der Bühne stehen, nur so im Geld schwimmen. Aber egal jetzt. Nur um ihn einmal zu küssen, würde ich Gott und der Welt den Arm umdrehen …

AGATHAS ZIMMER. NACHT.

Schon merkwürdig, mit einem Jungen hier zu sein. In der gleichen Bettwäsche haben vor kurzem noch Agatha und ich gelegen. Aber es hat sich nun mal so ergeben – mein erster One-Night-Stand!

Das Gespräch lief ungefähr so ab:

Ich: Na, ich will dann mal…

Er: Ach, schade…

Ich: Ja. Ich mein, wir könnten auch…

Er mit leuchtenden Augen: Ja?

Ich: Zu doof, dass ich noch bei meinen Eltern wohne…

Er: Kopfnicken.

Ich: Mhm…

Er: Ich wohne auch noch bei meinen Eltern.

Ich, geistesgegenwärtig: Wart mal einen Moment!

Agatha war noch mit Ivi da, zum Glück, und ohne ihr groß was erklären zu müssen, hatte ich sofort ihren Schlüssel in der Hand. „Laß dich bloß nicht von Olga erwischen! Und in zwei Stunden ist Deadline." Ich hab's doch immer gewußt: Agatha ist eine richtige Freundin!

Jetzt sind wir hier. Stehen voreinander und küssen uns. Ich könnte das die ganze Nacht lang tun, aber bei einem richtigen One-Night-Stand soll es vorangehen. Also arbeite ich mich mit beiden Händen unter Bobs T-Shirt vor, streichele ihn ein bisschen hier, ein bisschen dort, wandere tiefer und knöpfe seine Hose auf…

„Hast du was dabei?", flüstere ich.

„Ja."

Wenigstens ist der Typ vorbereitet; wir können loslegen.

Und dann geht alles holterdiepolter, so quickiemäßig, dass mein Kopf gar nicht hinterherkommt. Ist es das wirklich – eine gute Nummer? Als Bob gekommen ist, kugele ich mich sofort aus seinem Arm. Bloß keine Gefühle aufkommen lassen. Wenn die erst da sind, ist alles zu spät. Ich ziehe mich wieder an; duschen kann ich auch noch morgen früh.

„Rieke!“ Bob klingt sehr zärtlich. „Können wir nicht… hier schlafen?“

„Unmöglich. Meine Freundin kommt in zwanzig Minuten.“

„Schade.“

Ja, schade, denke ich.

Jetzt zieht auch Bob sich an, ich schiele ein letztes Mal auf seinen schönen Körper. Ich muß aufpassen, dass ich mich nicht in ihn verliebe…

Bob und Lena

AGATHAS ZIMMER. NACHT.

Wie sie dasteht und ihr ganzes Lächeln wegwirft! Ein bisschen Spaß und ab durch die Mitte – ist es das, was sie wollte? Warum muss ich immer auf Mädchen treffen, die so cool sind? Die sich wieder entziehen, bevor es richtig angefangen hat? Meine Freunde beschweren sich immer nur, die Mädels würden so kletten und ihnen die Luft zum Atmen nehmen … Bei mir ist es andersherum. Weshalb bloß? War ich wieder mal eine Null? Hat es ihr nicht mit mir gefallen? Sie war so stumm und steif, als wir zusammen geschlafen haben …

Jetzt schnürt sie sich ihre Turnschuhe zu und guckt nicht mal mehr hoch. Ich bin einfach ausgeblendet. Dabei finde ich sie richtig klasse! Oder wollte sie mich nur, weil ich ab und zu auf der Bühne stehe? Ist es das?

Ach, sie kann mich mal! Ich renne ihr jedenfalls nicht nach! Ziemlich abgebrüht scheint sie ja auch zu sein. Organisiert uns so ruckzuck einen Ort für gewisse Stunden. Trotzdem … Wenn ich ehrlich bin, würde ich sie schon gerne näher kennenlernen. Mit ihr reden, ganz viel und lange, sie küssen und immer wieder streicheln … Sie fühlt sich so wunderbar an, weich und rund, einfach perfekt, keine, die glaubt, wie ein verhungertes Mäuschen mit Barbie-Puppen-Taille durch die Gegend rennen zu müssen …

Ich nehme meinen Mut zusammen und frage sie, ob wir nicht hier zusammen übernachten können. Nein, sagt sie kühl, ihre Freundin käme gleich – dann stehen wir schon auf der Straße.

„Also, dann." Rieke gibt mir ein kleines zärtliches Küsschen, sie rennt ein Stück in die Nacht hinein, dreht sich noch einmal um und ruft: „Danke!“

Danke. Ich bleibe einfach stehen und sehe zu, wie der schwarze Punkt in der noch schwärzeren Nacht verschwindet. Irgendwann viel später gehe ich auch nach Hause.

Ein wenig glücklich und ziemlich traurig.

BOBS KELLER. NACHT.

Ich haue in die Saiten meiner E-Gitarre, dass die Wände wackeln. Sicher stehen gleich Mum und Dad mit winzig kleinen Augen und verkniffenen Mündern in der Tür. Bist du wahnsinnig? Es ist drei Uhr in der Früh? Die Nachbarn rufen bestimmt die Polizei …

Doch nichts dergleichen geschieht. Und ich reagiere weiter meinen Frust ab. Danke, hat sie gesagt, aber danke wofür? Nicht mal meine Telefonnummer wollte sie haben, nicht mal das! Okay, ich hätte sie auch nach ihrer fragen können …, ach was, hätte ich nicht. War doch ganz klar eingefädelt: Für diese eine Nacht schnapp ich mir den Typen und dann … Mensch! So gerne möchte ich mich einfach mal anlehnen, ein Mädchen an meiner Seite haben, das meine Hand hält, wenn mir vorm Auftritt schlecht ist. Wenn mir die Schweißperlen auf der Stirn stehen und mein Körper rebelliert.

Wieso verdammt nochmal kommen nicht mal meine Eltern runter, um zu motzen? Bin ich denen auch schon ganz egal? Solange unser Sohnemann keine Kritiken in der Süddeutschen oder in der FAZ bekommt, reden wir nicht mit ihm. Oder ist ihnen was zugestoßen? Vielleicht sind sie im Schlaf ohnmächtig geworden und brauchen meine Hilfe! Ich lasse alles stehen und liegen und rase nach oben ins Schlafzimmer.

Mum auf Dad – oder umgekehrt? Sie bemerken mich nicht, keuchen und stöhnen, ich finde das absolut schrecklich und laufe postwendend aus dem Zimmer.

LATERNA MAGICA. FRÜHER ABEND.

Ich bin ein Idiot, und doch muss ich es tun. Die Sache stinkt mir nämlich schon lange. Aber Florian kommt einfach nicht, was mir doppelt stinkt. Immer diese Unzuverlässigkeit! Rieke ist auch nicht da. War ganz umsonst, mein Herzklopfen. Ich nehme meinen Mut zusammen und frage eins der anderen Mädchen nach ihr.

„Rieke ist krank", kommt die prompte Antwort.

„Länger?"

Das braunhaarige Mädchen zuckt die Achseln, lächelt und zuckelt wieder ab. Krank! Wie kann sie krank sein – nach solch einer Nacht?

Endlich taucht Florian auf. Ich bin sowieso schon auf 180, und noch bevor er sich setzen kann, knalle ich es ihm an den Kopf:

„Ich steige aus", sage ich und muss, da ich plötzlich ein beklemmendes Gefühl in der Brust habe, ein paarmal tief durchatmen.

Florian plumpst auf seinen Stuhl und sagt vorerst gar nichts.

Ich betrachte die Landschaft aus Adern und Rillen auf meinem Handrücken.

„Du hast einen Knall."

„Ja, vielleicht. Aber ich will lieber studieren. Musik zum Beispiel."

„Ach – und wie das? Hast doch nicht mal Abi."

„Dann geh ich eben wieder zur Schule."

Florian setzt sich aufrecht. „Okay", sagt er dann. „Was spricht dagegen, trotzdem weiterzuspielen?"

„Mich kotzt dieses oberflächliche Leben an. Proben, Konzerte, danach saufen und Mädchen abschleppen …"

„Du bist ja komplett durchgedreht. Geiler kann's kaum sein!" Er sieht mich missbilligend an. „Dann geh doch gleich in Rente. Bitteschön!"

Eigentlich weiß ich auch nicht, warum ich so mies drauf bin. Hat Flo nicht sogar recht? Ich könnte doch alles haben: Schule, danach ein Studium und nebenbei Musik machen, ein bisschen Geld verdienen …

„Tu uns das nicht an!" Florian packt meine Schulter und rüttelt mich. „Ohne dich sind wir aufgeschmissen!"

„Blödsinn."

Und während ich fortwährend zur Tür schiele und hoffe, dass dort die Sonne aufgeht, bearbeitet Florian mich weiter. Er brauche das Geld, auch wenn's nicht viel sei, es wäre Schwachsinn, gerade jetzt das Handtuch zu werfen, wo wir so was wie ein Szene-Geheimtip wären und so weiter und so fort. Eigentlich bin ich längst weichgeklopft, aber es kann ja nicht schaden, Flo noch ein wenig zappeln zu lassen.

Erst als die Kneipe gegen Mitternacht schließt und die braunhaarige Kellnerin uns rausschmeißt, sage ich ihm, dass er weiterhin mit mir rechnen kann.

STRASSE. NACHT.

„Tschuldigung. Kannst du mir bitte mal helfen?"

Ich drehe mich um, es ist die Bedienung von vorhin. Das Mädel, das gemeint hat, Rieke sei krank.

„Mein Mofa springt nicht an."

„Soll ich mal versuchen?"

„Ja! Danke!"

Sie hält mir ihr Mofa hin, ich steige auf und versuche den Motor anzuwerfen.

Zwei, drei Versuche, dann läuft die Kiste.

„Gott sein Dank. Ich dachte schon, Cäsar hätte seinen Geist aufgegeben."

„Cäsar?"

„Ja!" Lachend steigt das Mädchen aufs Mofa, gibt ein wenig Gas, um dann doch gleich wieder abzubremsen.

„Soll ich dich ein Stück mitnehmen?"

„Gerne!"

„Macht dir nichts aus – ohne Helm?"

„Egal. Ich pfeif auf die Bullen!"

Kurzentschlossen setze ich mich hinter das Mädchen.

„Ich fahre in die Südstadt", sagt sie, startet aber nicht durch. Stattdessen dreht sie sich um und mustert mich. „Sag mal… Bist du nicht dieser eine…?" Sie zögert und fügt dann hinzu: „Dieser Popstar?"

O nein! Nicht schon wieder diese Nummer! Ich falle doch immer wieder darauf rein, wenn mir ein Mädchen um den Bart geht.

„Ich bin kein Popstar", erwidere ich bescheiden. „Ich singe nur bei den *Ratten.*"

„Kleiner Tiefstapler, was?"

Ich sehe sie an und finde sie ausgesprochen hübsch mit ihren Grübchen, den braunen Haaren und dem silbrigen Helm. Im Grunde bin ich wirklich komplett verrückt: Heute gefällt mir die, morgen schon wieder eine andere.

„Nein. Aber es ist nicht so, wie alle immer glauben."

„So?", fragt sie eine Spur zu ironisch. „Wie ist es denn?"

„Mühsam. Bis man mal soweit ist, dass man einen Gig kriegt."

Sie lacht und guckt mich kurz von der Seite an.

„Ich heiße übrigens Lena."

Schöne Zähne hat sie. Ganz ebenmäßig und dazu diese runden Augen. Ist mir vorhin gar nicht aufgefallen, da fand ich sie eher durchschnittlich, aber jetzt weiß ich es: Sie ist eine Schönheit auf den zweiten Blick.

„Willst du nicht langsam mal losfahren?", frage ich.

„Nee! Ich will wissen, wie du heißt!" Lena grinst frech und macht keine Anstalten, ihren Cäsar zu starten.

„Bob."

„Im Ernst?“

„Meine Eltern waren so nett, mich Bernhard zu taufen. Da musste ich halt ein bisschen eingreifen.“

Endlich gibt Lena Gas. Etwas schüchtern halte ich mich an ihrer Lederjacke fest. Wir schweigen. Mit halb geschlossenen Augen schaue ich in die Nacht und fühle mich trotz des kühlen Fahrtwindes wohlig schläfrig.

„In welche Straße musst du?“, kommt es irgendwann von vorne.

„Holunderweg.“

„Aber dann sind wir ja völlig falsch!“

Lena lenkt das Mofa auf die rechte Seite, poltert den Kantstein hoch, wo wir zum Stehen kommen.

„Macht doch nichts.“ Ich weiß, dass ich sie provozierend ansehe. „Ich kann doch jederzeit absteigen und mit dem Bus nach Hause fahren.“

„Kannst du das?“ Wieder dieser ironische Unterton. Sie grinst jetzt auch und beugt sich ein paar Zentimeter zu mir rüber. „Hör mal. Was willst du eigentlich von mir?“

„Nichts. Ich dachte, ich hätte dir geholfen, die Kiste anzuschmeißen.“

„Klar. Aber trotzdem willst du mich ins Bett kriegen!“

„Stimmt ja gar nicht!“, protestiere ich, obwohl ich gerade mal kurz daran gedacht hatte.

„Ach – ich kenn doch Typen wie dich! Machen auf süß und unschuldig, aber im Grunde wollen sie nur Erfahrungen sammeln.“

„Als ob ich das nötig hätte!“

Jetzt werde ich echt wütend. Sie hätte mich ja nicht mitzunehmen brauchen, die Tussi!

„Ihr seid doch alle gleich“, sagt sie jetzt traurig und ruckelt an ihrem Helm herum. „Nutzt die Mädchen nach Strich und Faden aus.“

„Das kenn ich aber genau andersherum!"

Unser Streit wird immer heftiger – nichts mehr von wegen kleine Kabbelei. Lena schreit mich an, ich schreie zurück und habe dabei das Gefühl, genau das Richtige zu tun. Meinen ganzen Frust an dieser Lena abzulassen, die doch wirklich nichts dafür kann.

„Du bist ein widerlicher Idiot!", kreischt Lena und schubst mich vom Mofa. Obwohl es dunkel ist, kann ich sehen, dass sie Tränen in den Augen hat.

„Und du bist ein Fall für die Klapsmühle!", kontere ich. „Lass dich doch mal generalüberholen!"

Da springt sie plötzlich vom Mofa, wirft es achtlos ins Gebüsch, greift in meine Haare und zieht so heftig daran, dass ich vor Schmerz fast zu heulen anfange. Intuitiv reiße ich meine Arme hoch, aber sie hat mich so fest im Griff, dass mir nichts anderes übrig bleibt, als ebenfalls an ihren Haaren zu zerren.

„Aua!", schreit sie, da lasse ich von ihr ab, halte ihren Kopf in meinen Händen. Im gleichen Moment hört sie auch auf zu ziehen und schaut mich an. Dann habe ich ein regelrechtes Blackout, nicht länger als eine Sekunde, aber lang genug, um zu begreifen, dass wir uns auf einmal küssen. Wild und begierig – total verrückt! Und es geht weiter: Wir ziehen uns gegenseitig die Hemden aus der Hose, fahren auf unserer Haut herum und fassen uns gegenseitig in den Slip, obwohl uns etliche Passanten sehen könnten ... Es ist der Wahnsinn, ich liebe sie wie nie zuvor ein Mädchen! Irgendwann macht Lena ihre Hose wieder zu und setzt sich aufs Mofa.

„Das war ja nun absolut überflüssig", sagt sie nach einer kurzen Verschnaufpause. „Ich fahre dich jetzt nach Hause."

„Ja", sage ich und fühle, wie meine Lippen brennen.

Der Rest der Fahrt verläuft fast schweigend. Hier links, jetzt geradeaus, wieder links ... das Einzige, was ich von mir gebe.

„Danke", sage ich beim Absteigen und sehe sie nicht mehr an.

BOBS ZIMMER. NACHT.

Ich fühle mich, als hätte man mir alles weggenommen, was mir jemals Spaß gemacht hat. Es ist grauenhaft.

Ich weiß nicht, was das alles zu bedeuten hat, und ich weiß auch nicht, wie es dazu kommen konnte. Ich bin hundemüde, alles tut mir weh, innen und außen. Ich will nur noch eins: schlafen.

LATERNA MAGICA. MITTAG.

Um eins macht der Laden auf. Ich stehe hier und warte wie ein Depp, aber ich muß es einfach wissen …

Sich mit einem Mädchen streiten zu können, ist großartig – das fiel mir heute morgen beim Frühstück ein, und dann fand ich die Welt gar nicht mehr so übel.

Ich will es wissen … Diese Leidenschaft – so was hab ich noch nie erlebt! Mein Herz klopft. Endlich kommt das schäbige Mofa angeknattert. Ich bin mir sicher, dass sie mich erkennt, aber sie verzieht keine Miene. Dann fährt sie an mir vorbei, einmal um die Ecke, wahrscheinlich um ihr Mofa auf dem Hof abzustellen.

Lena taucht erst fünf Minuten später auf. 300 Sekunden Ungeduld und Angst. Gleich wird sie mich zur Schnecke machen und mich fragen, was ich von ihr wolle, vielleicht wird sie mir auch eine scheuern, aber das nehme ich in Kauf.

Von weitem sieht sie anders aus, erwachsener. Mit entschlossenen Siebenmeilenschritten kommt sie auf mich zu. An ihrem Blick kann ich nicht mal erkennen, ob sie mich überhaupt sieht. Entweder ist sie völlig in Gedanken versunken, oder sie springt mir gleich an die Gurgel.

„He, du." Plötzlich steht sie vor mir und sagt diese zwei Wörter mit einer total neutralen Stimme.

„Lena. Ich …" Dann weiß ich nicht mehr weiter, fuchtele nur noch eine Sekunde lang mit den Händen in der Luft herum, bevor ich endgültig zu Stein werde.

Auch Lena rührt sich nicht von der Stelle.

Will sie mich quälen? Mich lächerlich machen?

„Kommst du rein? Was trinken?"

„Nein, ich … ich will dich wiedersehen."

Der Bann ist gebrochen, trotzdem rechne ich noch mit dem Schlimmsten.

„Okay. Hol mich um elf hier ab."

Damit verschwindet sie im Café.

STRASSE. ABEND.

Es ist verdammt kühl und windig. Ein paar Tropfen klatschen mir ins Gesicht. Und das soll Sommer sein? Wenigstens schien heute Nachmittag die Sonne, überall bunte Blumen, und es kam mir vor, als müsse mein Herz zerspringen. Schätze, ich bin verliebt. Aber in wen oder in was? In Rieke, in Lena oder nur in das Gefühl, verliebt zu sein?

Da kommt sie. Sie schließt die Glastür ab, dreht sich um und schlendert langsam auf mich zu, hat wieder ihre Neutral-Maske aufgesetzt. Doch dann beugt sie sich wie selbstverständlich vor und küsst mich auf den Mund. He, Lena! Ich sage nichts dazu, sondern mache, dass ich mich auf ihr Mofa schwinge. Ohne einen Ton zu sagen, fahren wir zu ihr nach Hause. Ich bin aufgeregt wie vorm ersten Mal.

Lena wohnt mit ihrer Tante zusammen, der wir zum Glück nicht über den Weg laufen. Ein graumeliertes Kätzchen wartet in ihrem Zimmer.

„Die hab ich erst seit ein paar Tagen. Ist sie nicht süß?"

„Ja."

„Wurzel heißt sie."

„Komischer Name."

Lena sieht ganz sanft aus, vergessen die Szene von gestern. Sie dirigiert mich zum Bett, und dann beginnt unsere zweite wahnsinnige Liebesnacht. Diese Frau darf mir nicht mehr entkommen.

LATERNA MAGICA. NACHMITTAG.

Einfach Lena bei der Arbeit zusehen. Wie gewandt sie ist. Wieselt zwischen den Tischen hin und her und wirft mir ab und zu ein Lächeln hin. Ich bin noch wie betäubt von gestern Nacht. Von ihrer Zärtlichkeit und ihrer Kraft. Irgendwie war plötzlich alles klar. Ohne dass wir groß Worte gebraucht hätten. Ich bin ein Jahr jünger als sie – na und?

„Alter spielt keine Rolle", hat sie gesagt. „Wichtig ist nur, dass du mich willst."

Und ob ich sie will! Und ich will noch eine Cola.

„Hallo! Eine Cola, bitte!", rufe ich ihr zu, als wäre sie nur die namenlose Bedienung.

Wie gerne würde ich jetzt eine qualmen! Ich suche nach Kleingeld und gehe in den Vorraum. Da kommt Rieke rein.

„Ach, hi", sagt sie, während ihr Gesicht plötzlich wie rosarot getuscht aussieht. „Und? Wie geht's?"

„Klasse." Kann nicht verhindern, dass ich auf einmal Herzklopfen habe.

„Was macht deine Musik?"

„Spaß", antworte ich ziemlich kühl.

Rieke lacht aber nicht, fragt mich stattdessen, ob sie nicht mal bei einer Probe zuhören könne.

Vielleicht habe ich mich doch in ihr getäuscht, aber jetzt ist es zu spät. „Wir proben zur Zeit gar nicht", sage ich.

„Ach so." Sie dreht sich ein paar Zentimeter zur Seite, so dass ich ihr schönes Profil studieren kann.

„Bist du gut nach Hause gekommen?", frage ich schnell.

Ein erstaunter Blick. „Ja."

Wunderschöne Augen, na ja …

„Also dann …", sagt sie mit unechtem Lächeln.

Ich liebe Lena, denke ich und gehe, ohne mir Zigaretten gezogen zu haben, zurück ins Café.